「心中有诗意　无处不飞花」

无处不飞花

王剑华 编著

三秦出版社
陕西新华出版传媒集团

图书在版编目（CIP）数据

无处不飞花 / 王剑华编著. -- 西安 : 三秦出版社，2018.4

ISBN 978-7-5518-1627-4

Ⅰ. ①无… Ⅱ. ①王… Ⅲ. ①古典诗歌－诗集－中国 Ⅳ. ①I222

中国版本图书馆CIP数据核字(2018)第031612号

无 处 不 飞 花

王剑华　编著

出版发行	陕西新华出版传媒集团　三秦出版社
社　　址	西安市北大街147号
电　　话	(029) 87205121
邮政编码	710003
印　　刷	陕西博文印务有限责任公司
开　　本	787mm×1092mm　1/32
印　　张	10.5
字　　数	144千字
版　　次	2018年4月第1版 2018年4月第1次印刷
标准书号	ISBN 978-7-5518-1627-4
定　　价	35.00元

网　　址 http://www.sqcbs.cn

前言

诗词是中华优秀传统文化的重要组成部分，千百年来一直深受广大民众的喜爱。新时代如何实现对中华优秀传统文化的创造性转化、创新性发展，以坚持文化自信和文化自觉、更好地守望我们的精神家园，成为摆在广大文化工作者面前的一项重要课题。

在这一方面，《中国诗词大会》和《中华好诗词》两个电视栏目进行了可贵的努力和有益的探索，并取得了良好的社会反响。《无处不飞花》即是依据我们学习诗词的心得，同时借鉴《中华好诗词》“字字珠玑”与《中国诗词大会》“飞花令”环节的成功经验所推出的系列图书，希望能够将电视节目中浮光掠影的朦胧美感，化为可供反复咀嚼、品鉴的美味佳酿。

本丛书选取了诗词中最为常见的40个字作为主题字，每册10个字，共4册，以“飞花令”的形式编排。在每个主题字下按照诗句首字的汉语拼音顺序，分别列举包含该字的思想性、艺术性俱佳的诗词名句30条，并配以简明扼要的原作赏析，力求做到既有对题旨的高度概括，又有对作品艺术特色的具体分析，帮助读者知其意、解其味。

为方便读者记忆，我们将所有主题字编成如下短句：春江花月夜、秋日金菊香、天马梦家鸟、雪寒梅柳河、山松思风雨、玉水竹叶酒、云舟人心愁、情恨泪海楼。但因每个短句中主题字所列诗句及原作极易重复，我们在编选时特意将主题字的顺序打乱，将不易发生联系的主题字编在一起，这样既避免了单册中的重复，又大大增加了本书的容量。

我国的诗词文化源远流长、博大精深，常用的字词更是不胜枚举，但由于图书容量有限，还有许多常用字和精彩的诗句未能选入，只能留下遗珠之憾。

胸藏文墨怀若谷，腹有诗书气自华。愿读者一书在手，体味诗词之美，享受诗意人生。

目录

春

爆竹声中一岁除
春风送暖入屠苏 001

不知细叶谁裁出
二月春风似剪刀 002

草长莺飞二月天
拂堤杨柳醉春烟 003

春草年年绿
王孙归不归 004

春风又绿江南岸
明月何时照我还 005

春眠不觉晓
处处闻啼鸟 006

春日游
杏花吹满头 007

春色满园关不住
一枝红杏出墙来 008

春色恼人眠不得
月移花影上栏干 009

春宵一刻值千金
花有清香月有阴 010

春雨断桥人不渡
小舟撑出柳阴来 011

等闲识得东风面
万紫千红总是春 012

蜂蝶纷纷过墙去
却疑春色在邻家 013

风乍起
吹皱一池春水 014

好雨知时节
当春乃发生 015

红豆生南国
春来发几枝 016

黄师塔前江水东
春光懒困倚微风 017

今夜偏知春气暖
虫声新透绿窗纱 018

绿杨烟外晓寒轻
红杏枝头春意闹 019

落红不是无情物
化作春泥更护花 020

若到江南赶上春
千万和春住 021

山光物态弄春晖
莫为轻阴便拟归 022

诗家清景在新春
绿柳才黄半未匀 023

桃李春风一杯酒
江湖夜雨十年灯 024

无意苦争春
一任群芳妒 025

滟滟随波千万里
何处春江无月明 026

阳春布德泽
万物生光辉 028

有情芍药含春泪
无力蔷薇卧晓枝 029

游人不管春将老
来往亭前踏落花 030

最是一年春好处
绝胜烟柳满皇都 031

花

不是花中偏爱菊
此花开尽更无花 032

迟日江山丽
春风花草香 033

独出前门望野田
月明荞麦花如雪 034

多情只有春庭月
犹为离人照落花 035

儿童急走追黄蝶
飞入菜花无处寻 036

风吹柳花满店香
吴姬压酒劝客尝 037

何须浅碧深红色
自是花中第一流 038

花径不曾缘客扫
蓬门今始为君开 039

花开堪折直须折
莫待无花空折枝 040

花无人戴，酒无人劝
醉也无人管 041

黄四娘家花满蹊
千朵万朵压枝低 042

寂寞空庭春欲晚
梨花满地不开门 043

接天莲叶无穷碧
映日荷花别样红 044

可惜明年花更好
知与谁同 045

泪眼问花花不语
乱红飞过秋千去 046

梨花院落溶溶月
柳絮池塘淡淡风 047

乱花渐欲迷人眼
浅草才能没马蹄 048

落花人独立
微雨燕双飞 049

取次花丛懒回顾
半缘修道半缘君 050

人间四月芳菲尽
山寺桃花始盛开 051

沙上并禽池上暝
云破月来花弄影 052

桃花潭水深千尺
不及汪伦送我情 053

唯有牡丹真国色
花开时节动京城 054

我家洗砚池头树
朵朵花开淡墨痕 055

无可奈何花落去
似曾相识燕归来 056

杏花疏影里
吹笛到天明 057

兴尽晚回舟
误入藕花深处 058

沾衣欲湿杏花雨
吹面不寒杨柳风 059

只恐夜深花睡去
故烧高烛照红妆 060

自在飞花轻似梦
无边丝雨细如愁 061

家

城中十万户
此地两三家 062

烽火连三月
家书抵万金 063

故人具鸡黍
邀我至田家 064

何日归家洗客袍 065

黄梅时节家家雨
青草池塘处处蛙 066

家住吴门
久作长安旅 067

借问酒家何处有
牧童遥指杏花村 068

今夜月明人尽望
不知秋思落谁家 069

旧时王谢堂前燕
飞入寻常百姓家 070

君家何处住
妾住在横塘 071

洛阳城里见秋风
欲作家书意万重 072

莫笑农家腊酒浑
丰年留客足鸡豚 073

人家在何许
云外一声鸡 074

日高人渴漫思茶
敲门试问野人家 075

如今直上银河去
同到牵牛织女家 076

桑柘影斜春社散
家家扶得醉人归 077

少小离家老大回
乡音无改鬓毛衰 078

谁家玉笛暗飞声
散入春风满洛城 079

田家少闲月
五月人倍忙 080

王师北定中原日
家祭无忘告乃翁 082

我家襄水曲
遥隔楚云端 083

燕子飞时
绿水人家绕 084

一去二三里
烟村四五家 085

音尘绝 西风残照
汉家陵阙 086

远上寒山石径斜
白云生处有人家 087

月子弯弯照九州
几家欢乐几家愁 088

云横秦岭家何在
雪拥蓝关马不前 089

之子于归
宜其室家 090

浊酒一杯家万里
燕然未勒归无计 091

醉里吴音相媚好
白发谁家翁媪 092

江

大江东去 浪淘尽
千古风流人物 093

独自莫凭栏 无限江山
别时容易见时难 095

对潇潇 暮雨洒江天
一番洗清秋 096

尔曹身与名俱灭
不废江河万古流 097

凤凰台上凤凰游
凤去台空江自流 098

孤帆远影碧空尽
唯见长江天际流 099

滚滚长江东逝水
浪花淘尽英雄 100

过江千尺浪
入竹万竿斜 101

江碧鸟逾白
山青花欲燃 102

江东子弟多才俊
卷土重来未可知 103

江娥啼竹素女愁
李凭中国弹箜篌 104

江流石不转
遗恨失吞吴 105

锦江春色来天地
玉垒浮云变古今 106

茅飞渡江洒江郊
高者挂罥长林梢 107

青山隐隐水迢迢
秋尽江南草未凋 109

人人尽说江南好
游人只合江南老 110

日出江花红胜火
春来江水绿如蓝 111

日暮乡关何处是
烟波江上使人愁 112

山随平野尽
江入大荒流 113

商女不知亡国恨
隔江犹唱后庭花 114

梳洗罢
独倚望江楼 115

问君能有几多愁
恰似一江春水向东流 116

无边落木萧萧下
不尽长江滚滚来 117

杨柳青青江水平
闻郎江上唱歌声 118

一道残阳铺水中
半江瑟瑟半江红 119

郁孤台下清江水
中间多少行人泪 120

月落乌啼霜满天
江枫渔火对愁眠 121

至今思项羽
不肯过江东 122

正是江南好风景
落花时节又逢君 123

竹外桃花三两枝
春江水暖鸭先知 124

马

白日登山望烽火
黄昏饮马傍交河 125

草枯鹰眼疾
雪尽马蹄轻 126

长安古道马迟迟
高柳乱蝉栖 127

车辚辚 马萧萧
行人弓箭各在腰 128

车如流水马如龙 130

春风得意马蹄疾
一日看尽长安花 131

但使龙城飞将在
不教胡马度阴山 132

当年万里觅封侯
匹马戍梁州 133

古道西风瘦马 134

好水好山看不足
马蹄催趁月明归 135

胡马依北风
越鸟巢南枝　136

挥手自兹去
萧萧班马鸣　137

金戈铁马
气吞万里如虎　138

郎骑竹马来
绕床弄青梅　139

楼船夜雪瓜洲渡
铁马秋风大散关　141

落日照大旗
马鸣风萧萧　142

马毛带雪汗气蒸
五花连钱旋作冰　143

马上相逢无纸笔
凭君传语报平安　144

马作的卢飞快
弓如霹雳弦惊　145

牧人驱犊返
猎马带禽归　146

葡萄美酒夜光杯
欲饮琵琶马上催　147

戎马关山北
凭轩涕泗流　148

世间何物催人老
半是鸡声半马蹄　149

十里一走马
五里一扬鞭　150

世味年来薄似纱
谁令骑马客京华　151

同学少年多不贱
五陵衣马自轻肥　152

五花马 千金裘
呼儿将出换美酒　153

夜阑卧听风吹雨
铁马冰河入梦来　155

主人下马客在船
举酒欲饮无管弦　156

竹杖芒鞋轻胜马　159

人

矮人看戏何曾见
都是随人说短长　160

北方有佳人
绝世而独立　161

不敢高声语
恐惊天上人　162

春风不解禁杨花
蒙蒙乱扑行人面　163

此身合是诗人未
细雨骑驴入剑门　164

但愿人长久
千里共婵娟　165

等闲变却故人心
却道故人心易变　167

过尽行人都不起
忽闻水响一齐飞 168

鸡声茅店月
人迹板桥霜 169

江山代有才人出
各领风骚数百年 170

金风玉露一相逢
便胜却 人间无数 171

举杯邀明月
对影成三人 172

可怜无定河边骨
犹是春闺梦里人 173

帘卷西风
人比黄花瘦 174

路人借问遥招手
怕得鱼惊不应人 175

乱入池中看不见
闻歌始觉有人来 176

美人含怒夺灯去
问郎知是几更天 177

暮从碧山下
山月随人归 178

前不见古人
后不见来者 179

劝君更尽一杯酒
西出阳关无故人 180

缺月挂疏桐
漏断人初静 181

去年今日此门中
人面桃花相映红 182

人生自古谁无死
留取丹心照汗青 183

日啖荔枝三百颗
不辞长作岭南人 184

谁道人生无再少
门前流水尚能西 185

仰天大笑出门去
我辈岂是蓬蒿人 186

遥知兄弟登高处
遍插茱萸少一人 187

衣带渐宽终不悔
为伊消得人憔悴 188

一骑红尘妃子笑
无人知是荔枝来 189

月上柳梢头
人约黄昏后 190

山

白日依山尽
黄河入海流 191

不识庐山真面目
只缘身在此山中 192

采菊东篱下
悠然见南山 193

草满池塘水满陂
山衔落日浸寒漪 194

黄河远上白云间
一片孤城万仞山 195

会当凌绝顶
一览众山小 196

空山新雨后
天气晚来秋 197

空山不见人
但闻人语响 198

两岸青山相对出
孤帆一片日边来 199

两岸猿声啼不住
轻舟已过万重山 200

茅檐相对坐终日
一鸟不鸣山更幽 201

明月出天山
苍茫云海间 202

蓬山此去无多路
青鸟殷勤为探看 203

平芜尽处是春山
行人更在春山外 204

人闲桂花落
夜静春山空 205

日暮苍山远
天寒白屋贫 206

山外青山楼外楼
西湖歌舞几时休 207

少无适俗韵
性本爱丘山 208

水光潋滟晴方好
山色空蒙雨亦奇 209

水何澹澹
山岛竦峙 210

我见青山多妩媚
料青山见我应如是 211

西塞山前白鹭飞
桃花流水鳜鱼肥 213

相看两不厌
只有敬亭山 214

遥望洞庭山水翠
白银盘里一青螺 215

一水护田将绿绕
两山排闼送青来 216

又闻子规啼夜月
愁空山 217

雨中山果落
灯下草虫鸣 219

只在此山中
云深不知处 220

正入万山圈子里
一山放出一山拦 221

种豆南山下
草盛豆苗稀 222

心

别是一般滋味在心头 223

草木有本心
何求美人折 224

嫦娥应悔偷灵药
碧海青天夜夜心 225

丛菊两开他日泪
孤舟一系故园心 226

但见泪痕湿
不知心恨谁 227

二十四桥仍在
波心荡 冷月无声 228

分手脱相赠
平生一片心 229

烽火照西京
心中自不平 230

共看明月应垂泪
一夜乡心五处同 231

聒碎乡心梦不成
故园无此声 232

回看天际下中流
岩上无心云相逐 233

蜡烛有心还惜别
替人垂泪到天明 234

烈士暮年
壮心不已 235

乱我心者
今日之日多烦忧 236

洛阳亲友如相问
一片冰心在玉壶 237

平林漠漠烟如织
寒山一带伤心碧 238

青青子衿
悠悠我心 239

三顾频烦天下计
两朝开济老臣心 240

山光悦鸟性
潭影空人心 241

伤心桥下春波绿
曾是惊鸿照影来 242

伤心秦汉经行处
宫阙万间都做了土 243

谁言寸草心
报得三春晖 244

身无彩凤双飞翼
心有灵犀一点通 245

停杯投箸不能食
拔剑四顾心茫然 246

我寄愁心与明月
随君直到夜郎西 247

舞低杨柳楼心月
歌尽桃花扇底风 248

无人信高洁
谁为表予心 249

心似双丝网
中有千千结 250

雁过也 正伤心
却是旧时相识 251

只愿君心似我心
定不负相思意 252

雪

白雪却嫌春色晚
故穿庭树作飞花 253

北风卷地白草折
胡天八月即飞雪 254

冰雪林中著此身
不同桃李混芳尘 255

不知近水花先发
疑是经春雪未销 256

残雪压枝犹有橘
冻雷惊笋欲抽芽 257

窗含西岭千秋雪
门泊东吴万里船 258

大漠沙如雪
燕山月似钩 259

蛾儿雪柳黄金缕
笑语盈盈暗香去 260

玉碗冰寒滴露华
粉融香雪透轻纱 261

孤舟蓑笠翁
独钓寒江雪 262

回乐峰前沙似雪
受降城下月如霜 263

梅须逊雪三分白
雪却输梅一段香 264

棠梨叶落胭脂色
荞麦花开白雪香 265

人生到处知何似
应似飞鸿踏雪泥 266

砌下落梅如雪乱
拂了一身还满 267

青海长云暗雪山
孤城遥望玉门关 268

千里黄云白日曛
北风吹雁雪纷纷 269

千山暮雪
只影向谁去 270

晚来天欲雪
能饮一杯无 272

五月天山雪
无花只有寒 273

小山重叠金明灭
鬓云欲度香腮雪 274

燕山雪花大如席
纷纷吹落轩辕台 275

杨花榆荚无才思
惟解漫天作雪飞 277

遥知不是雪
为有暗香来 278

有梅无雪不精神
有雪无诗俗了人 279

夜深知雪重
时闻折竹声 280

欲将轻骑逐
大雪满弓刀 281

终南阴岭秀
积雪浮云端 282

纵被春风吹作雪
绝胜南陌碾成尘 283

最爱东山晴后雪
软红光里涌银山 284

月

八月湖水平
涵虚混太清 285

沧海月明珠有泪
蓝田日暖玉生烟 286

长安一片月
万户捣衣声 287

床前明月光
疑是地上霜 288

独立小桥风满袖
平林新月人归后 289

峨眉山月半轮秋
影入平羌江水流 290

孤灯不明思欲绝
卷帷望月空长叹 291

海上生明月
天涯共此时 292

淮水东边旧时月
夜深还过女墙来 293

会挽雕弓如满月
西北望 射天狼 294

解把飞花蒙日月
不知天地有清霜 295

今人不见古时月
今月曾经照古人 296

今宵酒醒何处
杨柳岸 晓风残月 297

料得年年肠断处
明月夜 短松冈 298

撩乱边愁听不尽
高高秋月照长城 299

露从今夜白
月是故乡明 300

明月别枝惊鹊
清风半夜鸣蝉 301

明月不谙离恨苦
斜光到晓穿朱户 302

明月楼高休独倚
酒入愁肠 化作相思泪 303

鸟宿池边树
僧敲月下门 304

青女素娥俱耐冷
月中霜里斗婵娟 305

却下水晶帘
玲珑望秋月 306

三十功名尘与土
八千里路云和月 307

山月不知心里事
水风空落眼前花 308

深林人不知
明月来相照 309

疏影横斜水清浅
暗香浮动月黄昏 310

雾失楼台
月迷津渡 311

野旷天低树
江清月近人 312

月明人倚楼。 313

云中谁寄锦书来
雁字回时 月满西楼 314

爆竹声中一岁除，春风送暖入屠苏。

原作

爆竹声中一岁除，春风送暖入屠苏。
千门万户曈曈日，总把新桃换旧符。

[宋]王安石《元日》

简析

这首诗作于诗人拜相始行新政之时，描写了新年元日欢快热闹、万象更新的动人情景。诗人选取寻常百姓燃放爆竹、饮屠苏酒、换新桃符等典型素材，充分表现了新年的欢乐气氛，体现了诗人对新政施行的热烈情感。全诗立意新颖，格调明快，情绪昂扬，与节日主题十分契合。

不知细叶谁裁出，二月春风似剪刀。

原作

碧玉妆成一树高，万条垂下绿丝绦。

不知细叶谁裁出，二月春风似剪刀。

[唐]贺知章《咏柳》

简析

这是一首咏柳诗。前两句写柳条，诗人用比喻手法极写柳树绿影婆娑，柳条轻柔婀娜，表现了春柳的勃勃生气；后两句写春风，诗人将比喻和设问相结合，用拟人手法表现大自然的工巧，把春风吹生万物形象地表现出来。全诗角度新颖，设喻巧妙，给人以无限的美感。

草长莺飞二月天，拂堤杨柳醉春烟。

原作

草长莺飞二月天，拂堤杨柳醉春烟。
儿童散学归来早，忙趁东风放纸鸢。

[清]高鼎《村居》

简析

这首诗是诗人归隐上饶时所写的一首七言绝句。首句以“草长莺飞”描绘早春二月农村特有的迷人景色；次句一个“醉”字，写尽了柳枝的柔媚、婀娜；三、四句由景及人，通过儿童散学后戏放风筝的情景，为美好春光更增添了生机和希望。全诗格调明朗清新，字里行间洋溢着诗人对春天的无比热爱和赞美之情。

春草年年绿，王孙归不归。

原作

山中相送罢，日暮掩柴扉。
春草年年绿，王孙归不归。

[唐]王维《山中送别》

简析

这是一首送别诗。诗人匠心独运，不写离亭饯别的依依不舍，而是以“送罢”落笔，继写别后回家，寂寞之情更深；后两句为点睛之笔，诗人想到春草再绿自有定期，离人回归却难以确定，从而把担心友人去而不归，盼望友人明春再来之意，写得格外亲切动人。全诗语言朴实，感情真挚动人。

春风又绿江南岸，明月何时照我还？

原作

京口瓜洲一水间，钟山只隔数重山。
春风又绿江南岸，明月何时照我还？

[宋]王安石《泊船瓜洲》

简析

此诗为诗人想家怀乡之作。其中“春风又绿江南岸”一句，千百年来一直为人所传诵，一个“绿”字将无形的春风化为鲜明的形象，极其传神。人们既赞“绿”字运用之妙，亦赞诗人反复推敲用心之苦。

春眠不觉晓，处处闻啼鸟。

原作

春眠不觉晓，处处闻啼鸟。

夜来风雨声，花落知多少。

[唐]孟浩然《春晓》

简析

这首诗系孟浩然隐居襄阳鹿门山时所作，描绘了一幅春天早晨明丽的图景。首句写春睡的香甜，次句写春声的悦耳，三句回想昨夜风雨，末句感叹落红遍地。表现了诗人热爱春天，珍惜春光的美好心情。全诗语言平易浅近，情真意浓，韵味无穷。

春日游，杏花吹满头。

原作

春日游，杏花吹满头。

陌上谁家年少，足风流。

妾拟将身嫁与，一生休。

纵被无情弃，不能羞。

[唐]韦庄《思帝乡·春日游》

简析

这是花间派词人韦庄的代表作之一，表现一位女子追求爱情与幸福的强烈愿望。前两句写女子在杏花纷飞的春日出游；“陌上”两句描绘女子心中风度翩翩、俊俏潇洒的少年形象；“妾拟”四句写女子对少年强烈的爱慕之情。全词语言质朴，笔调清新，词人的思想境界在礼教盛行的封建时代实属可贵。

春色满园关不住，一枝红杏出墙来。

原作

应怜屐齿印苍苔，小扣柴扉久不开。
春色满园关不住，一枝红杏出墙来。

[宋]叶绍翁《游园不值》

简析

这是叶绍翁最为脍炙人口的诗作。前两句写诗人为追寻春天的美丽而游园，主人因爱惜青苔而锁园。后两句最为后人称道，“关不住”与“出墙来”相对，一“关”一“出”，将诗人游园不值的失落，瞬间化为因看到墙头红杏而领略到园中盎然春色的惊喜与满足。全诗跌宕有致，富有情趣。

春色恼人眠不得，月移花影上栏干。

原作

金炉香尽漏声残，剪剪轻风阵阵寒。

春色恼人眠不得，月移花影上栏干。

[宋]王安石《春夜》

简析

这是王安石的一首政治抒情诗，作于新法即将施行，诗人抱负即将实现之际。诗中先从视觉、听觉、触觉等方面描绘了春夜清幽的美景，继而感叹这夜色扰乱了人的清梦，格外恼人。此处“恼”字带着嗔意，明为恼实为喜，含蓄而曲折地表达了诗人抱负即将实现的得意之情。

春宵一刻值千金，花有清香月有阴。

原作

春宵一刻值千金，花有清香月有阴。

歌管楼台声细细，秋千院落夜沉沉。

[宋]苏轼《春宵》

简析

这是苏轼的一首七言绝句，从不同角度表达了珍惜时光的意味。首句“值千金”点明主题；二句进一步通过宜人的夜色表现光阴的美好与珍贵；三、四句将贵族阶层丰富的夜生活与院落的沉寂作对比，通过不珍惜光阴的人反衬光阴的宝贵。全诗语言含蓄，耐人寻味。

春雨断桥人不渡，小舟撑出柳阴来。

原作

双飞燕子几时回？夹岸桃花蘸水开。
春雨断桥人不渡，小舟撑出柳阴来。

[宋]徐俯《春日游湖上》

简析

这是宋代诗人徐俯的一首七言绝句。前两句写双燕归来，桃花盛开，表现春日湖光美景；后两句尤为著名，由桥断而见水涨，由舟小而显湖宽，诗人因桥断不渡的些微不快很快变成泛舟游湖的愉悦。全诗语言优美，感情跌宕有致，写景状物富有画面感。

等闲识得东风面，万紫千红总是春。

原作

胜日寻芳泗水滨，无边光景一时新。

等闲识得东风面，万紫千红总是春。

[宋]朱熹《春日》

简析

这是一首咏春诗。首句即点明主题“寻芳”，即寻觅美好的春景，下面三句写寻芳所见所得，把春天万紫千红、欣欣向荣的景象写得十分生动，使读者有与诗人同沐春光之感。此诗同时还是一首说理诗，“寻芳”即寻求圣人之道，诗人将圣人之道的教化作用比作吹生万物的春风，寓理于物，不露痕迹。

蜂蝶纷纷过墙去，却疑春色在邻家。

原作

雨前初见花间蕊，雨后全无叶底花。
蜂蝶纷纷过墙去，却疑春色在邻家。

[唐]王驾《雨晴》

简析

此诗写诗人雨后漫步小园所见的残春之景。前两句紧扣象征春色的“花”字，以雨前所见和雨后情景作对比，表达惜春之情；第三句写小园有叶无花，蜂蝶越墙而去；末句用拟人手法，写活了春色。全诗写残春之景，却无伤春之意，饶有趣味。

风乍起，吹皱一池春水。

原作

风乍起，吹皱一池春水。闲引鸳鸯香径里，手挼红杏蕊。

斗鸭阑干独倚，碧玉搔头斜坠。终日望君君不至，举头闻鹊喜。

[五代]冯延巳《谒金门·风乍起》

简析

这是一首女子怀春词，写女子在春天愁苦无法排遣，希望见到心上人的情态。“风乍起，吹皱一池春水”是传诵千古的名句，一个“皱”字妙到巅毫，形象地写出了春风轻拂下一池春水漾起的轻波如绉纱一般的美丽画面。“闲引”“手挼”“斜坠”等词，亦传神有力地表现了女子怀春的惆怅之情。全词虽无深广的社会内容，但生动简练的表现手法值得称道。

好雨知时节，当春乃发生。

原作

好雨知时节，当春乃发生。
随风潜入夜，润物细无声。
野径云俱黑，江船火独明。
晓看红湿处，花重锦官城。

[唐]杜甫《春夜喜雨》

简析

这是杜甫的一首五言律诗，生动地表达了诗人对一场及时春雨的惊喜之感及赞美之情。其中颔联、颈联体察入微，分别从听觉、视觉角度，惟妙惟肖地刻画出了春夜的雨景，使人自然感受到绵密的雨丝带给诗人的喜悦之情。尾联写诗人的想象与期待，侧面烘托春雨默默滋润万物的无私品格。全诗细腻逼真，曲折有致。

红豆生南国，春来发几枝？

原作

红豆生南国，春来发几枝？

愿君多采撷，此物最相思。

[唐]王维《相思》

简析

这是王维的一首借咏物而寄相思的五言绝句。红豆又名“相思子”，在诗词作品中往往被作为爱情、相思的代表。此诗首句以红豆起兴，其鲜红如血的形象和“相思子”之名，使得相思之情蕴含在诗句中；末句一个“最”字使相思之情达到极致。全诗委婉含蓄，言简而情深。

黄师塔前江水东，春光懒困倚微风。

原作

黄师塔前江水东，春光懒困倚微风。

桃花一簇开无主，可爱深红爱浅红。

[唐]杜甫《江畔独步寻花·其五》

简析

这是杜甫饱经离乱后，寓居成都草堂时所作的组诗（其五）。一、二句写春暖，一个“倚”字生动表现了诗人微倦小憩的状态；三、四句写花开，“开无主”写活了桃花自由竞放的美景，“爱”字的叠用则生动刻画出诗人对眼前似锦繁花的极度喜爱之情。

今夜偏知春气暖，虫声新透绿窗纱。

原作

更深月色半人家，北斗阑干南斗斜。
今夜偏知春气暖，虫声新透绿窗纱。

[唐]刘方平《夜月》

简析

这首诗写诗人对初春月夜天气转暖的独特感受。诗中“偏知”句既指诗人，更指鸣声初试的小虫——小虫由于温暖天气的感染欢快地鸣叫，不眠的诗人则从乍鸣的虫声中感受到春天的来临。这就跳出了一味从桃红柳绿着笔咏春的俗套，给人以构思奇妙、别开生面之感。

绿杨烟外晓寒轻，红杏枝头春意闹。

原作

东城渐觉风光好。縠皱波纹迎客棹。绿杨烟外晓寒轻，红杏枝头春意闹。

浮生长恨欢娱少。肯爱千金轻一笑。为君持酒劝斜阳，且向花间留晚照。

[宋]宋祁《玉楼春·春景》

简析

这是宋祁最为著名的词作，词中“红杏枝头春意闹”一句，写出了红杏开遍枝头、生气勃勃的景象；尤其一个“闹”字，极其灵动，将杏花盛开，争妍斗艳、烂漫璀璨的浓浓春意表现得淋漓尽致，不仅有色，而且有声（可以想象蜂蝶喧飞），令人陶醉。“红杏尚书”的雅号因此而来。

落红不是无情物，化作春泥更护花。

原作

浩荡离愁白日斜，吟鞭东指即天涯。
落红不是无情物，化作春泥更护花。

[清]龚自珍《己亥杂诗·其五》

简析

这是龚自珍《己亥杂诗》的第五首，写诗人离京的感受。前两句写离愁别绪，后两句转写报国之志。诗人以“落花”自比，表明落花离枝，化作春泥也要护花、育花的心迹，反映了诗人对政治改革的关心和对国家前途的深深眷念。全诗叙事与议论紧密结合，构思巧妙，寓意深刻。

若到江南赶上春，千万和春住。

原作

水是眼波横，山是眉峰聚。欲问行人去那边？眉眼盈盈处。

才始送春归，又送君归去。若到江南赶上春，千万和春住。

[宋]王观《卜算子·送鲍浩然之浙东》

简析

这是一首送别词。上片一反以水比眼、以山喻眉的常例，以眼波和眉峰来形容浙东山水的美丽可爱，别出新意；下片送客而兼惜春，却不见愁苦。全篇活泼轻盈，表现了诗人对友人的一片深情。

山光物态弄春晖，莫为轻阴便拟归。

原作

山光物态弄春晖，莫为轻阴便拟归。
纵使晴明无雨色，入云深处亦沾衣。

[唐]张旭《山中留客》

简析

这是张旭的一首代表诗作。诗中一个“弄”字，形象地反映了春日山间万物争奇斗妍的情态，诗人挽留游人继续领略山间春色的理由也很特别——即使晴天，山深处的云雾也会沾湿衣襟。反映了诗人观察事物的细致入微和表现角度的别出心裁。

诗家清景在新春，绿柳才黄半未匀。

原作

诗家清景在新春，绿柳才黄半未匀。
若待上林花似锦，出门俱是看花人。

[唐]杨巨源《城东早春》

简析

这是一首七言绝句，既抒写了诗人对早春的喜爱、赞美之情，又点出了早春“清景”对诗兴的激发作用。其中次句实写春景最具特色，“才”“半”两字，将早春柳芽初萌的风姿描绘得十分逼真，表现了诗人独特的艺术视角和生活感受。

桃李春风一杯酒，江湖夜雨十年灯。

原作

我居北海君南海，寄雁传书谢不能。
桃李春风一杯酒，江湖夜雨十年灯。
持家但有四立壁，治病不蕲三折肱。
想见读书头已白，隔溪猿哭瘴溪藤。

[宋]黄庭坚《寄黄几复》

简析

这是黄庭坚的代表作。诗人称赞友人的淑德、好学，对友人老境困窘深表惋惜。尤其“桃李”两句，寥寥数字，将诗人与友人的短聚与久别，以及彼此间的深情厚谊表现得淋漓尽致，令人回味无穷。

无意苦争春，一任群芳妒。

原作

驿外断桥边，寂寞开无主。已是黄昏独自愁，更著风和雨。

无意苦争春，一任群芳妒。零落成泥碾作尘，只有香如故。

[宋]陆游《卜算子·咏梅》

简析

这是一首托物言志词。词人以梅花自喻，上片写梅花的遭遇，下片写梅花的品格，尤其“零落”句，写梅花被风雨摧残化为泥水，又被车马碾踏变成灰尘，却依然“香如故”。全词艺术地表现了词人坚贞的品格和不屈的节操，抒发了词人报国无门的苦闷和至死不渝的爱国情感。

滟滟随波千万里，何处春江无月明。

原作

春江潮水连海平，海上明月共潮生。
滟滟随波千万里，何处春江无月明！
江流宛转绕芳甸，月照花林皆似霰；
空里流霜不觉飞，汀上白沙看不见。
江天一色无纤尘，皎皎空中孤月轮。
江畔何人初见月？江月何年初照人？
人生代代无穷已，江月年年望相似。
不知江月待何人，但见长江送流水。
白云一片去悠悠，青枫浦上不胜愁。
谁家今夜扁舟子？何处相思明月楼？
可怜楼上月徘徊，应照离人妆镜台。
玉户帘中卷不去，捣衣砧上拂还来。
此时相望不相闻，愿逐月华流照君。
鸿雁长飞光不度，鱼龙潜跃水成文。

昨夜闲潭梦落花，可怜春半不还家。
江水流春去欲尽，江潭落月复西斜。
斜月沉沉藏海雾，碣石潇湘无限路。
不知乘月几人归，落月摇情满江树。

[唐]张若虚《春江花月夜》

简析

这是张若虚的代表作。诗人以月为主体，以江为场景，描摹了春江月夜清丽明净、幽美邈远的景色，抒发了游子思妇望月怀人之情，虽略带伤感意绪，但基调并不低沉。全诗融诗情、画意与生命体验于一体，意境空明，韵律婉转，具有不朽的艺术价值，素有“孤篇压全唐”之誉。

阳春布德泽，万物生光辉。

原作

青青园中葵，朝露待日晞。
阳春布德泽，万物生光辉。
常恐秋节至，焜黄华叶衰。
百川东到海，何时复西归？
少壮不努力，老大徒伤悲！

[汉]《长歌行》

简析

这是《乐府诗集》中的一首汉代民间诗歌，主题在咏叹人生。诗中由“园中葵”的勃勃生机写起，艺术地告诉人们，青春岁月正如一年四季中的春天一样美好，应趁早努力，否则老大无成也只能空留遗憾。

有情芍药含春泪，无力蔷薇卧晓枝。

原作

一夕轻雷落万丝，霁光浮瓦碧参差。
有情芍药含春泪，无力蔷薇卧晓枝。

[宋]秦观《春日》

简析

这首诗写雨后春景。首句写春雷春雨，次句写雨后初晴，末二句最为人称道——诗人以春泪喻雨，美人喻花，写出了春雨后，芍药带雨、蔷薇娇卧的美丽景象。全诗动静结合，将雨后春景描绘得格外真切动人。

游人不管春将老，来往亭前踏落花。

原作

红树青山日欲斜，长郊草色绿无涯。

游人不管春将老，来往亭前踏落花。

[宋]欧阳修《丰乐亭游春·其三》

简析

这是一首惜春诗。前两句写景，红树青山、无际碧草、遍地落花，可谓鲜艳多姿；后两句抒情，写美好的春天即将过去，直到红日西斜，人们还在丰乐亭前流连忘返，可谓依依不舍。全诗艺术地表现了诗人对美好春光的喜爱和留恋之情。

最是一年春好处，绝胜烟柳满皇都。

原作

天街小雨润如酥，草色遥看近却无。

最是一年春好处，绝胜烟柳满皇都。

[唐]韩愈《早春呈水部张十八员外·其一》

简析

这是一首赞美早春的小诗，“草色”句是全篇的诗眼，最为脍炙人口。早春二月，春草初萌，透过薄薄的雨幕远远望去，已有绿意，近观反而不显。诗人用高超的诗笔，将人们平常看在眼里却难以言表的景象表现得格外贴切动人。

不是花中偏爱菊，此花开尽更无花。

原作

秋丛绕舍似陶家，遍绕篱边日渐斜。
不是花中偏爱菊，此花开尽更无花。

[唐]元稹《菊花》

简析

这是元稹的一首七绝。首句言舍旁菊花之多，好像到了陶渊明家一般；次句写诗人专注赏菊之态，不知不觉就到了傍晚，“遍绕”二字传神地写出了诗人痴迷菊花流连忘返的情态。三、四句诗人从秋后再无他花可赏的角度点明自己最爱菊花的理由，亦烘托了菊花历尽寒冷最后凋零的坚强品格。全诗淡雅质朴，别具一格。

迟日江山丽，春风花草香。

原作

迟日江山丽，春风花草香。
泥融飞燕子，沙暖睡鸳鸯。

[唐]杜甫《绝句二首·其一》

简析

这首诗作于成都草堂。前两句粗笔勾画，首句写春日阳光普照下明净、绚丽的春景，次句再以春风、春花、春草及其香馥之气展现明媚的大好春光；后两句则工笔细描，以衔泥飞燕、静睡鸳鸯构成了一幅色彩明丽、极具美感的春景图。全诗格调清新，对仗工整，写景状物极具画面感。

独出前门望野田，月明荞麦花如雪。

原作

霜草苍苍虫切切，村南村北行人绝。
独出前门望野田，月明荞麦花如雪。

[唐]白居易《村夜》

简析

这是白居易的一首七言绝句。前两句描写秋色的浓重，渲染秋夜的凄清；后两句则呈现出一幅优美的画面：一望无际的荞麦田在月光的朗照下，如同一片晶莹的白雪，从而表现出诗人由孤寂到不胜惊喜的感情变化。全诗语言平实，余味无穷。

多情只有春庭月，犹为离人照落花。

原作

别梦依依到谢家，小廊回合曲阑斜。
多情只有春庭月，犹为离人照落花。

[唐]张泌《寄人》

简析

这是张泌与爱人分手后所作的一首寄怀诗。诗人先写故地重游的梦境，通过对旧地景象的细描，点明诗人对爱人的思忆之深。三、四句言只有明月多情，依旧照着片片落花，人却早已不在，使物是人非之感顿出。全诗含蓄曲折，不直接诉说却更动人心弦。

儿童急走追黄蝶，飞入菜花无处寻。

原作

篱落疏疏一径深，树头花落未成阴。

儿童急走追黄蝶，飞入菜花无处寻。

[宋]杨万里《宿新市徐公店·其二》

简析

这是一首描写农村早春生活一景的小诗。前两句写景，后两句写人，以描绘儿童戏追蝴蝶的欢乐场面最为佳妙——“急走”将儿童的活泼欢快刻画得惟妙惟肖；“追”而非“捉”突出了儿童对追蝶过程的享受；“无处寻”则又写活了儿童面对突然消失于菜花丛的蝴蝶，一时不知所措但并不失落的可爱情态。全诗格调清新，底色明朗，充满情趣。

风吹柳花满店香，吴姬压酒劝客尝。

原作

风吹柳花满店香，吴姬压酒劝客尝。
金陵子弟来相送，欲行不行各尽觞。
请君试问东流水，别意与之谁短长？

[唐]李白《金陵酒肆留别》

简析

这是李白赠友人的一首话别诗。诗人开篇便写飘着柳花香气的酒家，和店中利落的酒家女笑语殷勤招呼客人的场景，奠定了整首诗明朗的笔调。末句以绵绵不绝的江水来对比诗人的不舍与惜别之情，显情义更深。全诗有别绪而无离愁，具有豪迈洒脱的情怀。

何须浅碧深红色，自是花中第一流。

原作

暗淡轻黄体性柔，情疏迹远只香留。何须浅碧深红色，自是花中第一流。

梅定妒，菊应羞，画阑开处冠中秋。骚人可煞无情思，何事当年不见收。

[宋]李清照《鹧鸪天·桂花》

简析

这是李清照的一首咏桂花词，系词人与丈夫居住青州时所作。上阕正面抒写桂花色淡却香浓的独特风韵，盛赞桂花不需红碧色也是花中第一。下阕皆是为桂花抱不平的议论之词，称赞桂花为中秋花中之冠，并以屈原《离骚》中未收入桂花为憾。全词层次分明，充分表现了词人对桂花的由衷赞美，亦是词人自身品格的写照。

花径不曾缘客扫，蓬门今始为君开。

原作

舍南舍北皆春水，但见群鸥日日来。
花径不曾缘客扫，蓬门今始为君开。
盘飧市远无兼味，樽酒家贫只旧醅。
肯与邻翁相对饮，隔篱呼取尽馀杯。

[唐]杜甫《客至》

简析

这是杜甫于成都草堂落成后所写的一首七律。诗人先写居处清雅的景致，再写欣喜待客、呼唤邻翁对饮的情景；其中“花径”两句尤为著名，“不曾”与“今始”巧妙对比，映衬出诗人与来客的深厚情谊，亦为后文的欢畅进行了铺垫。全诗场景刻画细腻逼真，意境浑然天成，极富生活气息。

花开堪折直须折，莫待无花空折枝。

原作

劝君莫惜金缕衣，劝君惜取少年时。
花开堪折直须折，莫待无花空折枝。

[唐]佚名《金缕衣》

简析

这是唐时的一首七言乐府，劝喻人们珍惜时光。诗中以“金缕衣”起兴，反复咏叹强调一个“惜”字；后两句以“折花”作比，劝诫人们时光宝贵，及时作为；末句“空折枝”三字尤为精妙，表“徒伤悲”之意，却更加余韵袅袅，耐人寻味。

花无人戴，酒无人劝，醉也无人管。

原作

年年社日停针线。怎忍见、双飞燕。今日江城春已半。一身犹在，乱山深处，寂寞溪桥畔。

春衫着破谁针线。点点行行泪痕满。落日解鞍芳草岸。花无人戴，酒无人劝，醉也无人管。

[宋]佚名《青玉案·年年社日停针线》

简析

这是一首游子思乡之作。词中细细描画了游子的所见、所衣与所想，侧面表现了游子长期在外的漂泊之感。末三句写游子面对满目鲜花却无人可簪，只能以酒浇愁，可饮酒时却连个劝酒的人也没有，喝醉了，也无人照管。三句层层递进，寂寞之情愈深。全词缠绵凄恻，感染力强。

黄四娘家花满蹊，千朵万朵压枝低。

原作

黄四娘家花满蹊，千朵万朵压枝低。
留连戏蝶时时舞，自在娇莺恰恰啼。

[唐]杜甫《江畔独步寻花·其六》

简析

这是杜甫饱经离乱后，寓居成都草堂时所作的组诗（其六）。前两句总写黄四娘家的烂漫春光，“压枝低”极言花开之盛。后两句描绘蝶舞莺歌的美景，以蝶的“留连”与莺的“自在”衬托诗人的愉悦心情。全诗色彩明丽，融情入景，表现了诗人对美好生活的喜爱与留恋之情。

寂寞空庭春欲晚，梨花满地不开门。

原作

纱窗日落渐黄昏，金屋无人见泪痕。
寂寞空庭春欲晚，梨花满地不开门。

[唐]刘方平《春怨》

简析

这是刘方平的一首七绝，主要抒发深宫嫔妃的幽怨之情。次句运用汉武帝金屋藏娇的典故，点出诗中人的身份和处境，全诗即围绕此句烘托情感。其中尤以后两句最为著名，由庭院中的春晚花落、庭空门掩，渲染出冷清凄楚的氛围，怨情顿出。

接天莲叶无穷碧，映日荷花别样红。

原作

毕竟西湖六月中，风光不与四时同。

接天莲叶无穷碧，映日荷花别样红。

[宋]杨万里《晓出净慈寺送林子方》

简析

这是杨万里著名的七绝，通过描写六月西湖与众不同的美景，委婉含蓄地表达了对友人的依依不舍之情。诗中尤以“接天”两句最为人称道，着意刻画了无边无际的碧色莲叶与阳光下别样娇艳的荷花，二者既有强烈的对比又完美地融合在一起，与首句“毕竟”相呼应，十分传神。全诗凝练含蓄，极富画意。

可惜明年花更好，知与谁同？

原作

把酒祝东风，且共从容，垂杨紫陌洛城东。总是当时携手处，游遍芳丛。

聚散苦匆匆，此恨无穷，今年花胜去年红。可惜明年花更好，知与谁同？

[宋]欧阳修《浪淘沙·把酒祝东风》

简析

此词系欧阳修与友人旧地重游时有感而作。上阕由眼前的“垂杨紫陌”回忆起往昔携手“游芳”之乐；下阕又由聚散匆匆的现实引出对未来无常的感伤。末句“知与谁同”，惜别之意尽在其中。全词意味隽永，抒发了人生聚散无常的感叹。

泪眼问花花不语，乱红飞过秋千去。

原作

庭院深深深几许，杨柳堆烟，帘幕无重数。玉勒雕鞍游冶处，楼高不见章台路。

雨横风狂三月暮，门掩黄昏，无计留春住。泪眼问花花不语，乱红飞过秋千去。

[宋]欧阳修《蝶恋花·庭院深深深几许》

简析

此词是欧阳修的代表作，主要描写闺中少妇的伤春怨别之情。上阕开篇即叠用“深”字，又以“堆”“无重数”着笔刻画庭院的无比幽深与重重阻隔，烘托出少妇欲见爱人而不得的孤寂感。下阕写春光难留，少妇由伤春到伤己，深闺独守的苦闷之情顿出。全词情思绵邈，辞意深婉。

梨花院落溶溶月，柳絮池塘淡淡风。

原作

油壁香车不再逢，峡云无迹任西东。
梨花院落溶溶月，柳絮池塘淡淡风。
几日寂寥伤酒后，一番萧瑟禁烟中。
鱼书欲寄何由达，水远山长处处同。

[宋]晏殊《寓意》

简析

这是晏殊的一首七言律诗，抒发了与恋人分别后的刻骨相思之情。首联叙离别，颔联忆往昔，颈联言近况，尾联表相思。其中颔联互文见义，渲染出一个清幽的梨花小院，从旧日的花前月下引出现实的缠绵情致。全诗融情于景，深婉哀怨。

乱花渐欲迷人眼，浅草才能没马蹄。

原作

孤山寺北贾亭西，水面初平云脚低。
几处早莺争暖树，谁家新燕啄春泥。
乱花渐欲迷人眼，浅草才能没马蹄。
最爱湖东行不足，绿杨阴里白沙堤。

[唐]白居易《钱塘湖春行》

简析

这是白居易的七律名篇，描绘了西湖东畔早春的明媚风光。其中颔联、颈联传诵最广，以“争”“啄”表现莺燕的动态，以“乱”“浅”“渐欲”“才能”描绘花草初生向荣的神貌，笔触极其细腻，早春的勃勃生机跃然纸上。全诗笔调轻灵舒展，表现了诗人对美好春景的喜爱，颇具雅致闲情。

落花人独立，微雨燕双飞。

原作

梦后楼台高锁，酒醒帘幕低垂。去年春恨却来时，落花人独立，微雨燕双飞。

记得小苹初见，两重心字罗衣。琵琶弦上说相思，当时明月在，曾照彩云归。

[宋]晏几道《临江仙·梦后楼台高锁》

简析

这是一首相思词，意在表达对歌女小苹的追念。开头结尾描写现实的景与情，中间部分是对往事的回忆；其中尤以“落花”两句最负盛名，以极凝练的诗笔，描写诗人久伫庭中，在微雨落花中见燕子双飞的情景，伤情油然而生。全词借景抒情，把聚时的相爱、别时的离恨表现得尤为真挚深沉。

取次花丛懒回顾，半缘修道半缘君。

原作

曾经沧海难为水，除却巫山不是云。

取次花丛懒回顾，半缘修道半缘君。

[唐]元稹《离思五首·其四》

简析

这是元稹的代表作。诗人通篇运用比喻和对比的手法，以沧海之水和巫山云雨比作妻子，表达妻子对自己独一无二的重要性。全诗以真挚热烈的笔触写出了夫妻间的一往情深，抒发了对妻子的无限爱恋与怀念之情，感人至深。

人间四月芳菲尽，山寺桃花始盛开。

原作

人间四月芳菲尽，山寺桃花始盛开。
长恨春归无觅处，不知转入此中来。

[唐]白居易《大林寺桃花》

简析

此诗是白居易在庐山大林寺即景吟成的一首七言绝句。山下芳菲已尽，此处却桃花盛开，突显了诗人对春尽又逢春的惊讶与欣喜，也表现了诗人对春天的无限留恋和热爱，意境深邃，富于情趣。

沙上并禽池上暝，云破月来花弄影。

原作

时为嘉禾小倅，以病眠，不赴府会。

水调数声持酒听，午醉醒来愁未醒。送春春去几时回？临晚镜，伤流景，往事后期空记省。

沙上并禽池上暝，云破月来花弄影。重重帘幕密遮灯。风不定，人初静，明日落红应满径。

[宋]张先《天仙子·水调数声持酒听》

简析

这是张先的代表词作。上阕写《水调歌》歌声哀婉、愁未醒、春不在、时光飞逝等五件伤心事，表达了词人的无限春愁。下阕通过暮春之景烘托诗人无奈、低落的情绪；其中“云破月来花弄影”传诵千古，一“破”一“弄”将微风下云开月露，花影婆娑的景象写得生动而传神，深得动态之美。全诗于伤春之中寓伤别之感，沉郁隽永。

桃花潭水深千尺，不及汪伦送我情。

原作

李白乘舟将欲行，忽闻岸上踏歌声。
桃花潭水深千尺，不及汪伦送我情。

[唐]李白《赠汪伦》

简析

这是李白给好友汪伦的一首留别诗。诗人先写欲行时汪伦踏歌来送行的场景，再将两人无形的情谊化为有形的潭水，以潭水之深衬托情谊之厚。全诗语言清新质朴，想象奇特。

唯有牡丹真国色，花开时节动京城。

原作

庭前芍药妖无格，池上芙蕖净少情。
唯有牡丹真国色，花开时节动京城。

[唐]刘禹锡《赏牡丹》

简析

这是一首赞颂牡丹之作。诗人不正面描写牡丹之美，而是以艳丽而格调不高的芍药，与明净却缺少情致的荷花反衬牡丹的高贵与绰约风姿。全诗对芍药、芙蕖评而不贬，通过对比盛赞牡丹的天姿国色，传神地再现了当年牡丹盛开全城争相观赏的情景。

我家洗砚池头树，朵朵花开淡墨痕。

原作

我家洗砚池头树，朵朵花开淡墨痕。
不要人夸好颜色，只留清气满乾坤。

[元]王冕《墨梅》

简析

这是王冕的一首题画诗。诗人巧妙地将画中墨梅与池边梅树融为一体，既写画梅的传神，又言梅树的画意。后两句更进一步，赞颂墨梅虽无鲜艳色彩，却清新高雅，表达了作者的高尚情趣和操守。全诗构思精巧，诗情画意融于一体，意蕴深邃。

无可奈何花落去，似曾相识燕归来。

原作

一曲新词酒一杯，去年天气旧亭台。夕阳西下几时回？

无可奈何花落去，似曾相识燕归来。小园香径独徘徊。

[宋]晏殊《浣溪沙·一曲新词酒一杯》

简析

这是晏殊最为脍炙人口的词作。上阕念昔，下阕伤今，在伤时惜春之外蕴含着一定的理趣，耐人寻味。其中“无可奈何花落去，似曾相识燕归来”两句，对仗工巧流利，又体现了美好事物消逝的同时亦会有美好事物再现这一人生感悟，传唱千古。

杏花疏影里，吹笛到天明。

原作

忆昔午桥桥上饮，坐中多是豪英。长沟流月去无声。杏花疏影里，吹笛到天明。

二十余年如一梦，此身虽在堪惊。闲登小阁看新晴。古今多少事，渔唱起三更。

[宋]陈与义《临江仙·夜登小阁忆洛中旧游》

简析

这是陈与义晚年的一首忆旧之作。上阕以一个“忆”字展开对往昔自在生活的回顾；下阕以“二十余年如一梦”写回现实，抒发因国破家亡、今昔巨变而起的感慨。全词将现实的颠沛流离与往昔的安逸作强烈对比，抒发深沉的身世之感和家国之痛，意味隽永。

兴尽晚回舟，误入藕花深处。

原作

常记溪亭日暮，沉醉不知归路。
兴尽晚回舟，误入藕花深处。
争渡，争渡，惊起一滩鸥鹭。

[宋]李清照《如梦令·常记溪亭日暮》

简析

这是李清照的一首忆昔小令。词人以寥寥数语，将少时沉醉嬉戏，兴尽归返却误入荷塘深处，发现别有天地反而更加欢乐流连的情景，生动而传神地再现出来。全词不事雕琢，极富情趣与画面感。

沾衣欲湿杏花雨，吹面不寒杨柳风。

原作

古木阴中系短篷，杖藜扶我过桥东。
沾衣欲湿杏花雨，吹面不寒杨柳风。

[宋]志南《绝句》

简析

这是南宋僧人志南的一首七绝，主要描写诗人在微风细雨中拄杖春游的乐趣。其中后两句传唱千古，以“欲湿”表现蒙蒙细雨的若有似无，细雨沾衣，似湿而不见湿；以“不寒”表现春风的和暖，轻风拂柳，轻盈而多姿。全诗富有情趣，盎然春意充溢其间。

只恐夜深花睡去，故烧高烛照红妆。

原作

东风袅袅泛崇光，香雾空蒙月转廊。

只恐夜深花睡去，故烧高烛照红妆。

[宋]苏轼《海棠》

简析

这首诗全篇围绕海棠的盛开而写。首句一个“泛”字写活了融融的春意，为海棠花开渲染气氛；次句转入深夜，写月光已转入回廊不照海棠，但海棠的幽香沁人心脾；后两句写诗人因恐“花睡去”而用高烧的红烛照亮黑夜。全诗运用杨妃典故以人喻花，表达了诗人对海棠的情有独钟及满心怜意，语言浅近而情韵隽永；同时亦以花喻人，虽以海棠的幽独暗喻自身的不得志，却无悲观之气。

自在飞花轻似梦，无边丝雨细如愁。

原作

漠漠轻寒上小楼，晓阴无赖似穷秋。淡烟流水画屏幽。

自在飞花轻似梦，无边丝雨细如愁。宝帘闲挂小银钩。

[宋]秦观《浣溪沙·漠漠轻寒上小楼》

简析

这是秦观的一首词作。词人运用白描手法，以浅淡的笔触描绘了一个阴凉的春日早晨，楼内楼外的萧索景象，明明只是薄薄的春寒，诗人却感到如深秋般寒冷，烘托了词人淡淡的春日闲愁。其中“自在”两句以飞花喻梦，以丝雨比愁，情致缥缈，柔婉曲折。

城中十万户，此地两三家。

原作

去郭轩楹敞，无村眺望赊。
澄江平少岸，幽树晚多花。
细雨鱼儿出，微风燕子斜。
城中十万户，此地两三家。

[唐]杜甫《水槛遣心二首·其一》

简析

这是杜甫定居成都草堂后写下的一组咏物小诗，描写了诗人在傍晚时分见到的微风细雨中的景象。其中尤以“细雨”二句传诵最广，一“出”一“斜”，使鱼儿的灵动与燕子的轻盈跃然纸上。全诗描写细腻精微，充分表现了诗人闲适宁静的心情以及对大自然的喜爱。

烽火连三月，家书抵万金。

原作

国破山河在，城春草木深。
感时花溅泪，恨别鸟惊心。
烽火连三月，家书抵万金。
白头搔更短，浑欲不胜簪。

[唐]杜甫《春望》

简析

这是杜甫在“安史之乱”期间困居长安时所作。诗中描写了战乱时长安本该万象更新却一片零落的荒凉景象，尤其颔联中运用拟人手法，“溅泪”“惊心”将诗人对山河仍在却国破家亡情境的沉沉忧伤与无限感慨，表现得淋漓尽致。全诗尽显杜甫沉郁的诗风。

故人具鸡黍，邀我至田家。

原作

故人具鸡黍，邀我至田家。
绿树村边合，青山郭外斜。
开轩面场圃，把酒话桑麻。
待到重阳日，还来就菊花。

[唐]孟浩然《过故人庄》

简析

这是孟浩然隐居鹿门山时所作的一首五律，描写了诗人应邀到友人家中做客的过程。其中颔联将绿树环绕、青山横斜的山村风光写得尤为清新恬静；颈联写主客面对场院把酒共饮、闲谈农事的家常场面，烘托出两人真挚的友情。全诗淳朴自然，意境鲜明。

何日归家洗客袍？

原作

一片春愁待酒浇。江上舟摇，楼上帘招。秋娘渡与泰娘桥，风又飘飘，雨又萧萧。

何日归家洗客袍？银字笙调，心字香烧。流光容易把人抛，红了樱桃，绿了芭蕉。

[宋]蒋捷《一剪梅·舟过吴江》

简析

这是蒋捷的代表作。上阕“一片”点明诗人连绵的愁思，一个“浇”字更强调了愁绪之浓，连舟行时所见的热闹春光也有了“萧萧”之意。下阕一声何日归家的感叹，表明诗人盼归之切；末句以红绿过渡体现春去夏来，使诗人感到岁月的匆匆流逝，游子之意在此句达到极致。

黄梅时节家家雨，青草池塘处处蛙。

原作

黄梅时节家家雨，青草池塘处处蛙。
有约不来过夜半，闲敲棋子落灯花。

[宋]赵师秀《约客》

简析

这是赵师秀最脍炙人口的诗作，将诗人与友人相约却久候不至的微躁心情刻画得细致入微。诗中前二句形象地描绘了江南梅雨季节的乡村夜景，亦是点明友人没能到来的原因；末句“闲敲”二字，栩栩如生地刻画了诗人长久等待的动态，同时表现出诗人因此而略微焦躁、怅惘的心情。全诗细节极为生动，散发着浓郁的生活气息。

家住吴门，久作长安旅。

原作

燎沉香，消溽暑。鸟雀呼晴，侵晓窥檐语。叶上初阳干宿雨，水面清圆，一一风荷举。

故乡遥，何日去。家住吴门，久作长安旅。五月渔郎相忆否？小楫轻舟，梦入芙蓉浦。

［宋］周邦彦《苏幕遮·燎沉香》

简析

这首词是周邦彦少数清新风格的词作之一，表达了“思乡”这一永恒的主题。词中上片写盛夏晨景，尤其“叶上初阳”句一个“举”字，将雨后荷花摇曳多姿的动态，及清新恬静的气质刻画得极富美感；下片转入对故乡的亲切回忆。全词语言质朴生动，情景交融，虚实相生，表达了诗人对故乡的深深眷念。

借问酒家何处有，牧童遥指杏花村。

原作

清明时节雨纷纷，路上行人欲断魂。
借问酒家何处有，牧童遥指杏花村。

[唐]杜牧《清明》

简析

这是刻画清明节气最著名的诗作。“纷纷”二字点出春雨的特点，渲染了凄冷的氛围；“欲断魂”刻画出人们在清明时节凄迷纷乱的伤感心境。末二句以行代答，为人们指出了摆脱愁绪的方法，极富画面感。全诗语言浅易，余韵邈然。

今夜月明人尽望，不知秋思落谁家。

原作

中庭地白树栖鸦，冷露无声湿桂花。
今夜月明人尽望，不知秋思落谁家。

[唐]王建《十五夜望月寄杜郎中》

简析

这是一首中秋之夜望月兴叹的七绝。诗人从景写起，首句“地白”二字巧妙地写出了月色的澄净空明，“树栖鸦”侧面烘托了月夜的静谧；二句中的“桂花”既是庭中之桂又是月中之桂，正是暗写诗人望月，为点题之笔，从而自然引出三、四句的秋思，以情作结。全诗语言精练含蓄，感情委婉深沉。

旧时王谢堂前燕，飞入寻常百姓家。

原作

朱雀桥边野草花，乌衣巷口夕阳斜。
旧时王谢堂前燕，飞入寻常百姓家。

[唐]刘禹锡《乌衣巷》

简析

这是刘禹锡寄物咏怀的名篇，为组诗《金陵五题》中的一首。一、二句写昔日繁华鼎盛的朱雀桥、乌衣巷如今却野草丛生，荒凉冷落；三、四句匠心独运，以燕子为盛衰兴亡的见证，巧妙地联系起历史与现实，达到了抚今吊古的效果。全诗言简意丰，耐人寻味。

君家何处住？妾住在横塘。

原作

君家何处住？妾住在横塘。

停船暂借问，或恐是同乡。

［唐］崔颢《长干曲·其一》

简析

这首诗以白描的手法，寥寥几笔，栩栩如生地刻画出一对男女相遇、对话的瞬间场景，女子大胆灵动、天真无邪的形象亦是活灵活现。全诗语言朴实自然，意境浑然天成，颇具民歌风韵。

洛阳城里见秋风，欲作家书意万重。

原作

洛阳城里见秋风，欲作家书意万重。

复恐匆匆说不尽，行人临发又开封。

［唐］张籍《秋思》

简析

这是张籍客居洛阳时所作的一首乡愁诗。诗人围绕“家书”这一意象，将写家书时不知如何下笔的千头万绪，及送家书时生怕话未说尽而在出发前又匆匆拆封的心理，刻画得生动而细致入微。全诗语言明白如话，真切细腻地表达了诗人对家乡和亲人深沉的思念。

莫笑农家腊酒浑，丰年留客足鸡豚。

原作

莫笑农家腊酒浑，丰年留客足鸡豚。
山重水复疑无路，柳暗花明又一村。
箫鼓追随春社近，衣冠简朴古风存。
从今若许闲乘月，拄杖无时夜叩门。

[宋]陆游《游山西村》

简析

这首诗是诗人蛰居山阴老家农村时所作的一首记游抒情诗。全诗将不同侧面的村中片段融为一炉，描绘了色彩明丽的乡村风光及淳朴的山村习俗，具有浓郁的生活气息。其中“山重水复疑无路，柳暗花明又一村”两句，不仅匠心独运地写出了山西村的山环水绕、花团锦簇，更极富理趣，被引申为“绝境之中突现转机”之意。

人家在何许？云外一声鸡。

原作

适与野情惬，千山高复低。
好峰随处改，幽径独行迷。
霜落熊升树，林空鹿饮溪。
人家在何许？云外一声鸡。

[宋]梅尧臣《鲁山山行》

简析

这是梅尧臣的一首五律。诗中以动静结合的手法，通过“千山”“幽径”“熊升树”等丰富的意象，描绘出鲁山中色彩斑斓的“野景”——那千姿百态的山峰、幽径上的白霜、空林溪边悠闲饮水的鹿、远处隐隐的鸡鸣声，无不体现着盎然的野趣。全诗清新自然，生动地表现出诗人愉悦的心情。

日高人渴漫思茶，敲门试问野人家。

原作

徐门石潭谢雨，道上作五首。潭在城东二十里，常与泗水增减清浊相应。

簌簌衣巾落枣花，村南村北响缫车，牛衣古柳卖黄瓜。

酒困路长惟欲睡，日高人渴漫思茶，敲门试问野人家。

[宋]苏轼《浣溪沙·簌簌衣巾落枣花》

简析

这是苏轼在春旱时求雨得验，谢雨归来后所作的五首词之一。上片颇具匠心地勾勒了几个乡村中常见的场景：簌簌落下的枣花，吱呀作响的缫车，悠然叫卖的瓜农，极具画面感。下片则转写词人劳累却欢畅的路途，惟妙惟肖地刻画出因路长焦渴而试着向农家讨水喝的诗人形象。全诗亲切自然，有着淳朴的意趣。

如今直上银河去，同到牵牛织女家。

原作

九曲黄河万里沙，浪淘风簸自天涯。

如今直上银河去，同到牵牛织女家。

[唐]刘禹锡《浪淘沙·九曲黄河万里沙》

简析

这首绝句作于刘禹锡连续几次被贬之后。一、二句诗人通过对艰辛环境的细致描写，来体现淘金者对日复一日在泥沙风浪中讨生活的厌倦。三、四句写可以直上银河同访牛郎织女，表现了淘金者对这种传说中田园牧歌般美好生活的向往。全诗语言朴实无华，体现了诗人乐观向上的处世态度。

桑柘影斜春社散，家家扶得醉人归。

原作

鹅湖山下稻粱肥，豚栅鸡栖半掩扉。

桑柘影斜春社散，家家扶得醉人归。

[唐]王驾《社日》

简析

这是王驾的一首七绝。全诗不正面写春社的热闹场面，而是从村中的富足之景写起，丰收的庄稼、满圈的猪、成群的鸡，无不烘托出社日的喜庆气氛。接着笔锋一转，直接写到春社结束之后“人人醉”的景象，暗示了村民观社时兴高采烈、欣喜欢畅的场景。全诗皆为侧面描写，却生动表现了节日的欢乐，颇为别致。

少小离家老大回，乡音无改鬓毛衰。

原作

少小离家老大回，乡音无改鬓毛衰。
儿童相见不相识，笑问客从何处来。

[唐]贺知章《回乡偶书·其一》

简析

这是贺知章辞官回乡之时所作的组诗（其一）。一、二句中一个“衰”字，使诗人久客异乡的沧桑之感顿出；三、四句儿童的“笑问”仿佛随意，却使人百感交集，此处以有问无答作结，意在言外，伤感久久不绝。全诗笔触浅淡，却有着深沉的时光易逝、人生易老之感。

谁家玉笛暗飞声，散入春风满洛城。

原作

谁家玉笛暗飞声，散入春风满洛城。
此夜曲中闻折柳，何人不起故园情。

[唐]李白《春夜洛城闻笛》

简析

这是李白客居洛阳时所作的一首七绝，抒发了诗人在深夜被笛声引起的思乡之情。前两句一“暗”一“满”，写出了夜深人静时隐隐约约却又仿佛无处不在的笛声，夸张地渲染出思乡的氛围；后两句写诗人被《折杨柳》曲触动情肠，“何人”二字将情感从自身升华至游子共有，更显诗人的思乡之切。全诗情感皆从“闻”起，余韵袅袅，令人回味无穷。

田家少闲月，五月人倍忙。

原作

田家少闲月，五月人倍忙。夜来南风起，小麦覆陇黄。妇姑荷箪食，童稚携壶浆，相随饷田去，丁壮在南冈。足蒸暑土气，背灼炎天光，力尽不知热，但惜夏日长。复有贫妇人，抱子在其旁，右手秉遗穗，左臂悬敝筐。听其相顾言，闻者为悲伤。家田输税尽，拾此充饥肠。今我何功德？曾不事农桑。吏禄三百石，岁晏有余粮。念此私自愧，尽日不能忘。

[唐]白居易《观刈麦》

简析

这是白居易早期的一首讽喻诗。诗中先写诗人所见麦收时节的农忙景象，“力尽”二句使农民劳作的艰辛和不易直击人心；接着写一对母子家里田地已因缴税而卖光，只能靠拾麦充饥，巧妙而委婉地揭示了赋税的繁重，割麦与拾麦间潜在的转换关系使讽刺之意油然而生；末六句诗人触景生情，将农民与作为官员的自己作对比，表达了诗人无限的同情之意与愧疚之情。

王师北定中原日，家祭无忘告乃翁。

原作

死去元知万事空，但悲不见九州同。
王师北定中原日，家祭无忘告乃翁。

[宋]陆游《示儿》

简析

这是陆游的绝笔之作，是其爱国诗中的名篇。诗人一生致力于抗金斗争，在临终之际虽悲叹无法亲眼见到国家统一，却仍抱有坚定的信念，殷殷嘱咐儿子，在“北定中原”之时一定要将好消息告诉自己。全诗寥寥数语，既有对事业未成的无穷遗恨，又字字句句透露出披肝沥胆、执着深沉的爱国之情，真挚动人。

我家襄水曲，遥隔楚云端。

原作

木落雁南度，北风江上寒。
我家襄水曲，遥隔楚云端。
乡泪客中尽，孤帆天际看。
迷津欲有问，平海夕漫漫。

[唐]孟浩然《早寒江上有怀》

简析

这是孟浩然的一首思乡怀归的抒情诗。诗人以北风呼啸、树叶飘零、大雁南飞的萧瑟景象起兴，思乡之情油然而生；颈联一个“尽” 字，道出诗人无限的乡思，想要乘船返乡，却不知路在何方。全诗情景交融，将诗人作客异乡的愁绪、欲归不得的郁积之情表现得深沉而含蓄。

燕子飞时，绿水人家绕。

原作

花褪残红青杏小。燕子飞时，绿水人家绕。枝上柳绵吹又少，天涯何处无芳草。

墙里秋千墙外道。墙外行人，墙里佳人笑。笑渐不闻声渐悄，多情却被无情恼。

[宋]苏轼《蝶恋花·春景》

简析

这是豪放派词人苏轼的一首婉约之作。上阕虽是零落的暮春之景，但笔意清新自然，“天涯何处无芳草”一句在感叹之外更是词人旷达的自我安慰，至今仍被用来自勉。下阕转写得遇佳人的片段，节奏从欢快到渐渐消失，巧妙地表现了词人抑郁终不得排解的心绪。全词错落有致，于清新婉丽中透出伤情，韵味无穷。

一去二三里，烟村四五家。

原作

一去二三里，烟村四五家。
亭台六七座，八九十枝花。

[宋]邵雍《山村咏怀》

简析

这是邵雍最著名的一首数字诗。诗人巧妙地将数字嵌在诗句之中，将小路、炊烟、人家、亭台、鲜花等意象编织在一起，寥寥数字便描绘出一幅自然朴实、生动有致的山村图景。全诗诗画结合，表现了诗人对大自然的喜爱及赞美之情。

音尘绝，西风残照，汉家陵阙。

原作

箫声咽，秦娥梦断秦楼月。秦楼月，年年柳色，灞陵伤别。

乐游原上清秋节，咸阳古道音尘绝。音尘绝，西风残照，汉家陵阙。

[唐]李白《忆秦娥·箫声咽》

简析

此词相传为李白所作，另说为无名氏之词。忆秦娥即秦娥忆，上片由月下凄咽的箫声引起女子对爱人的痛苦思念，凄婉动人。下片自然转入对“灞陵伤别”的回忆，个人的忧愁融入了历史的忧愁，从而使气象突然开阔，有怀古伤今之意。尤其“西风残照，汉家陵阙”八字，意境博大，被王国维赞为“关千古登临之口”。

远上寒山石径斜，白云生处有人家。

原作

远上寒山石径斜，白云生处有人家。
停车坐爱枫林晚，霜叶红于二月花。

[唐]杜牧《山行》

简析

这是杜牧一首描写深秋山景的七绝。诗中寒山、小径、白云、人家、枫叶等意象，构成了一幅生机动人的山中秋景图。“白云”句一个“生”字，生动地表现出白云升腾、缭绕的特点，极富画面感。末句“红于”二字写染了秋霜的枫叶比二月春花还要红艳，顿显一片生气。全诗情景交融，绚丽的秋色令人赏心悦目。

月子弯弯照九州，几家欢乐几家愁。

原作

月子弯弯照九州，几家欢乐几家愁。

几家夫妇同罗帐，几个飘零在外头？

[宋]《月子弯弯照九州》

简析

这首诗是南宋以来流行于江苏一带的民歌，表述了明亮的月光照耀九州，可是有的人家欢乐，有的人家却整天发愁。有多少人家能夫妻团聚，又有多少人却只能飘零在外？诗中以问答形式采用对比的手法，揭示了社会动荡时期统治阶层偏安江南，民众却饱经离乱的状态。

云横秦岭家何在，雪拥蓝关马不前。

原作

一封朝奏九重天，夕贬潮州路八千。
欲为圣明除弊事，肯将衰朽惜残年。
云横秦岭家何在？雪拥蓝关马不前。
知汝远来应有意，好收吾骨瘴江边。

[唐]韩愈《左迁至蓝关示侄孙湘》

简析

这是韩愈因一封谏书被贬潮州途中所作的一首七律。首联直抒获罪被贬的过程；颔联“除弊事”“惜残年”表明非罪远谪的愤慨；颈联即景抒情，回顾是“家何在”，前瞻却“马不前”，将诗人心中的万分悲痛及对家、对国的眷念表现得淋漓尽致，为千古名句；尾联体现诗人的英雄之志和骨肉之情，沉痛之感溢于言表。全诗苍凉而悲壮，具有撼动人心的力量。

之子于归，宜其室家。

原作

桃之夭夭，灼灼其华。之子于归，宜其室家。

桃之夭夭，有蕡其实。之子于归，宜其家室。

桃之夭夭，其叶蓁蓁。之子于归，宜其家人。

《诗经·国风·周南·桃夭》

简析

这是《诗经·国风》中的作品，现一般认为是为祝贺年轻姑娘出嫁而作的一首赞歌。全诗皆以桃花起兴，将新嫁娘比作娇艳的桃花，赞美新娘的娇媚，表示对新娘生子以及对新娘家庭的祝愿。全篇语言极其精练而优美，一个"宜"字道尽了新娘的美好品质。

浊酒一杯家万里，燕然未勒归无计。

原作

塞下秋来风景异，衡阳雁去无留意。四面边声连角起，千嶂里，长烟落日孤城闭。

浊酒一杯家万里，燕然未勒归无计。羌管悠悠霜满地，人不寐，将军白发征夫泪。

[宋]范仲淹《渔家傲·秋思》

简析

这是范仲淹镇守西北时的一首抒怀之作。上阕写景，勾勒出边塞黄昏壮阔苍茫却凄清萧条的景象，自然引出将士的思归之情。下阕用典，表明将士虽有思归之心，却仍矢志保卫国家，“人不寐”两句尤为扣人心弦，刻画出边地战士们深沉的爱国情感。全诗意境开阔雄浑，意气慷慨。

醉里吴音相媚好，白发谁家翁媪。

原作

茅檐低小，溪上青青草。醉里吴音相媚好，白发谁家翁媪？

大儿锄豆溪东，中儿正织鸡笼。最喜小儿亡赖，溪头卧剥莲蓬。

[宋]辛弃疾《清平乐·村居》

简析

这首词是辛弃疾闲居上饶时所作。词人用白描手法，将一个农村寻常之家一家老小的不同面貌和劳动场景，写得有声有色、活灵活现，充分展示了乡村生活的平静和美好；尤其“最喜小儿亡赖”两句，将小儿的天真活泼刻画得栩栩如生。全词极富生活情趣，在辛词中别具一格。

大江东去，浪淘尽、千古风流人物。

原作

大江东去，浪淘尽、千古风流人物。故垒西边，人道是、三国周郎赤壁。乱石穿空，惊涛拍岸，卷起千堆雪。江山如画，一时多少豪杰。

遥想公瑾当年，小乔初嫁了，雄姿英发。羽扇纶巾，谈笑间，强虏灰飞烟灭。故国神游，多情应笑我，早生华发。人生如梦，一尊还酹江月。

[宋]苏轼《念奴娇·赤壁怀古》

简析

这首词系苏轼贬谪黄州，游览黄冈赤壁时所作，是苏轼豪放词的代表作。上阕写景，雄奇险峻，有声有色，极赞江山之盛。下阕写人兼抒情，极写周瑜的指挥若定、气度非凡，形神兼备；同时在对周瑜伟绩的钦敬中，抒发了词人功业难成的感慨。全词融写景、怀古、抒情为一体，表达了忧郁与旷达、进取与无为等种种精神意态，具有极高的审美价值。

独自莫凭栏，无限江山，别时容易见时难。

原作

帘外雨潺潺，春意阑珊，罗衾不耐五更寒。梦里不知身是客，一晌贪欢。

独自莫凭栏，无限江山，别时容易见时难。流水落花春去也，天上人间。

[五代]李煜《浪淘沙·帘外雨潺潺》

简析

这首词被视作李煜绝笔。上片采用倒叙手法，先写梦醒，再忆梦境，现实中零落的残春之景与梦里片刻的欢愉产生强烈的对比，使词人恍然若失的凄苦之感倍增。下片感叹春去人已逝，故土再难返，怆然欲绝。全词采用白描手法刻画词人内心的感受，情真意切，哀婉动人，深刻表现了词人的亡国之痛。

对潇潇、暮雨洒江天，一番洗清秋。

原作

对潇潇、暮雨洒江天，一番洗清秋。渐风霜凄紧，关河冷落，残照当楼。是处红衰翠减，苒苒物华休。唯有长江水，无语东流。

不忍登高临远，望故乡渺邈，归思难收。叹年来踪迹，何事苦淹留。想佳人、妆楼颙望，误几回、天际识归舟。争知我，倚阑干处，正恁凝愁！

［宋］柳永《八声甘州·对潇潇暮雨洒江天》

简析

这首词是柳永的代表作之一，着重写羁旅行役之苦。词人以登高临远为线索，上阕写望中所见，通过暮色、秋雨、霜风、流水、江天等意象，描绘了旷远、阴沉、凄寥的景象；下阕写望中所思，极写词人归思之切、相忆之深。全词情景交融，表现手法深婉细腻，抒情方式曲折多变，具有十分隽永的艺术魅力。

尔曹身与名俱灭，不废江河万古流。

原作

王杨卢骆当时体，轻薄为文哂未休。
尔曹身与名俱灭，不废江河万古流。

[唐]杜甫《戏为六绝句·其二》

简析

这组诗是杜甫针对当时“贵古贱今”的风气而写，代表了杜甫的文学批评观点。此诗明确地肯定了“初唐四杰”王杨卢骆的文学成就能够万古流芳，而那些讥笑他们的守旧文人却只能身名俱灭。全诗于小作里发大议论，严正的笔意尽在其中。

凤凰台上凤凰游，凤去台空江自流。

原作

凤凰台上凤凰游，凤去台空江自流。
吴宫花草埋幽径，晋代衣冠成古丘。
三山半落青天外，二水中分白鹭洲。
总为浮云能蔽日，长安不见使人愁。

[唐]李白《登金陵凤凰台》

简析

这是李白在登金陵凤凰台时所写的怀古抒情之作。诗人以凤凰来游与“凤去台空”的对比起兴，继而感叹历史的变迁，颈联由对历史的凭吊转入现实并引起诗人的愁绪——奸佞对贤臣的遮蔽就像浮云蔽日，使诗人报国无门。全诗由古及今，抒发了诗人深沉的历史感喟及忧国伤时的现实思索，格调悠远。

孤帆远影碧空尽，唯见长江天际流。

原作

故人西辞黄鹤楼，烟花三月下扬州。
孤帆远影碧空尽，唯见长江天际流。

[唐]李白《黄鹤楼送孟浩然之广陵》

简析

这是李白的一首送别诗。诗人以绚丽的扬州春色与浩瀚无边的长江为背景，渲染出一幅意境开阔、色彩明朗的送别图。末句“唯见长江天际流”既是诗人目送友人扬帆而去时所见之景，亦是对友人一片深情的表达。全诗文字绮丽，离情如画。

滚滚长江东逝水，浪花淘尽英雄。

原作

滚滚长江东逝水，浪花淘尽英雄。是非成败转头空。青山依旧在，几度夕阳红。

白发渔樵江渚上，惯看秋月春风。一壶浊酒喜相逢。古今多少事，都付笑谈中。

[明]杨慎《临江仙·滚滚长江东逝水》

简析

这是杨慎的一首咏史词。词人通过江水、浪花、青山、夕阳、白发、渔樵、秋月、春风等意象，感历史兴衰，叹人生沉浮，艺术地表明古往今来的是非成败都是过眼烟云，只是人们把酒时的谈资罢了。全词融慷慨悲壮与旷达淡泊为一体，意境高远，折射出深邃的人生感悟。

过江千尺浪，入竹万竿斜。

原作

解落三秋叶，能开二月花。
过江千尺浪，入竹万竿斜。

[唐]李峤《风》

简析

这是李峤的一首咏物诗。诗人细心地抓住了叶、花、浪、竹四种意象在风的作用下的变化，使无形的风瞬间化为可以感触的情景：一、二句一个“解”字体现了风的温柔，能化解秋叶，能吹开春花；三、四句一“千”一“万”又烘托出风的强劲有力。全诗语言浅易，描写生动而传神。

江碧鸟逾白，山青花欲燃。

原作

江碧鸟逾白，山青花欲燃。
今春看又过，何日是归年。

[唐]杜甫《绝句二首·其二》

简析

这首绝句系杜甫入蜀后所作。一、二句采用对比手法极写春光的旖旎明媚，碧色的江水映衬得水鸟愈发洁白，青翠欲滴的山峰使得花儿红得像要燃烧一般，四种意象相映成趣，底色鲜艳。三、四句转而抒发因春景而引起的漂泊之感和思归之情。全诗别具韵致，是以乐景写哀情的典型。

江东子弟多才俊，卷土重来未可知。

原作

胜败兵家事不期，包羞忍耻是男儿。
江东子弟多才俊，卷土重来未可知。

[唐]杜牧《题乌江亭》

简析

这是杜牧的一首七绝。诗人以兵家的眼光，一反赞扬项羽气节的传统说法，直言胜败乃常事，指出项羽胸襟不够宽广；紧接着设想若能重整旗鼓，江东人才众多，或许可以卷土重来。在宣扬百折不挠精神的同时，亦表现出对项羽负气自刎的惋惜。全诗言简义丰，议论不落窠臼。

江娥啼竹素女愁，李凭中国弹箜篌。

原作

吴丝蜀桐张高秋，空山凝云颓不流。
江娥啼竹素女愁，李凭中国弹箜篌。
昆山玉碎凤凰叫，芙蓉泣露香兰笑。
十二门前融冷光，二十三丝动紫皇。
女娲炼石补天处，石破天惊逗秋雨。
梦入神山教神妪，老鱼跳波瘦蛟舞。
吴质不眠倚桂树，露脚斜飞湿寒兔。

[唐]李贺《李凭箜篌引》

简析

这是李贺的一首描写音乐的诗作。李凭是当时的梨园艺人，诗人运用一系列生动别致的比喻和神话典故，以夸张的手法极尽渲染，将李凭弹奏箜篌的高超技艺、乐曲动人的音响效果具化为可见可感的物象，传神地再现了那惊天地、泣鬼神的音乐境界。全诗想象大胆，言辞瑰丽，极富浪漫主义气息。

江流石不转，遗恨失吞吴。

原作

功盖三分国，名成八阵图。

江流石不转，遗恨失吞吴。

[唐]杜甫《八阵图》

简析

这是杜甫咏怀诸葛亮的诗作。一、二句高度概括了诸葛亮的丰功伟绩。三句赞扬诸葛亮忠贞的精神内核就像八阵图的石堆一样，即使被流水冲刷也岿然不动。末句写诸葛亮为之奋斗的统一大业因刘备吞吴失计而中途夭折，成千古遗恨，表达了诗人对诸葛亮的无限惋惜之情，同时表达了对自身迟暮却壮志未成的抑郁之感。全诗将怀古与抒怀融为一体，意味深远。

锦江春色来天地，玉垒浮云变古今。

原作

花近高楼伤客心，万方多难此登临。
锦江春色来天地，玉垒浮云变古今。
北极朝廷终不改，西山寇盗莫相侵。
可怜后主还祠庙，日暮聊为梁甫吟。

[唐]杜甫《登楼》

简析

这是杜甫的一首七律。首联以乐景写哀情，点出了国家多难的背景，及诗人虽触目繁花却忧愁、伤感的情感基调。颔联、颈联写诗人登楼远望的所见所想，通过壮丽的山河想到历史的风云变幻，从而表达诗人忧国忧民的无限心事。尾联运用刘禅典故怀古抒今，表达了诗人空怀济世之心却报国无门，只能吟诗聊以自遣的无奈之感。全诗语境壮阔，寓意深远，体现了杜诗沉郁顿挫的风格。

茅飞渡江洒江郊，高者挂罥长林梢。

原作

八月秋高风怒号，卷我屋上三重茅。茅飞渡江洒江郊，高者挂罥长林梢。下者飘转沉塘坳。

南村群童欺我老无力，忍能对面为盗贼。公然抱茅入竹去，唇焦口燥呼不得。归来倚杖自叹息。

俄顷风定云墨色，秋天漠漠向昏黑。布衾多年冷似铁，娇儿恶卧踏里裂。床头屋漏无干处，雨脚如麻未断绝。自经丧乱少睡眠，长夜沾湿何由彻。

安得广厦千万间，大庇天下寒士俱欢颜，风雨不动安如山。呜呼！何时眼前突兀见此屋，吾庐独破受冻死亦足！

[唐]杜甫《茅屋为秋风所破歌》

简析

这是杜甫旅居四川成都草堂期间创作的一首歌行体古诗，全诗由个人的痛苦自然过渡到结尾其他人的痛苦乃至社会的痛苦，其中“安得广厦千万间”两句感情升华，将诗人忧国忧民的博大情怀和高尚品格体现得淋漓尽致。

青山隐隐水迢迢，秋尽江南草未凋。

原作

青山隐隐水迢迢，秋尽江南草未凋。
二十四桥明月夜，玉人何处教吹箫。

[唐]杜牧《寄扬州韩绰判官》

简析

这首诗是杜牧离开扬州后怀念昔日同僚韩绰判官而作。一、二句细细描画了秋季已尽，却仍然山清水秀、碧草如茵的江南美景；三、四句写二十四桥边乐声悠扬的月夜，诗人以玉人戏称，以玩笑的口吻调侃好友闲逸的生活。全诗情趣盎然，体现了诗人与友人间的深情厚谊，亦表达了诗人对扬州生活的怀念。

人人尽说江南好，游人只合江南老。

原作

人人尽说江南好，游人只合江南老。春水碧于天，画船听雨眠。

垆边人似月，皓腕凝霜雪。未老莫还乡，还乡须断肠。

[唐]韦庄《菩萨蛮·人人尽说江南好》

简析

这首词作于韦庄晚年寓居蜀地之时，系词人为回忆江南旧游所作。上片“春水”句极写江南水美景美：江南的春水比天空还要明净，躺在画舫中和着雨声入眠，又是何等惬意。下片“未老”句是对人世沧桑的深刻总结，一样具有直击人心的艺术力量。

日出江花红胜火，春来江水绿如蓝。

原作

江南好，风景旧曾谙。

日出江花红胜火，春来江水绿如蓝。

能不忆江南？

［唐］白居易《忆江南·江南好》

简析

这首词系白居易晚年退居洛阳时所作，抒写了诗人对江南春日美景的无限怀念与赞叹。“日出”“春来”两句互文见义，表现了在旭日的照耀下，红花绿水相互映衬，花红胜火，水绿如蓝的美景，让诗人末句“能不忆江南”的眷恋之情显得更加自然真切，深挚动人。

日暮乡关何处是？烟波江上使人愁。

原作

昔人已乘黄鹤去，此地空余黄鹤楼。

黄鹤一去不复返，白云千载空悠悠。

晴川历历汉阳树，芳草萋萋鹦鹉洲。

日暮乡关何处是？烟波江上使人愁。

[唐]崔颢《黄鹤楼》

简析

这是崔颢著名的七律，是吊古怀乡的佳作。诗人以古时仙人乘鹤的传说落笔，将黄鹤楼枕山临江的形势、耸入天际的壮观及楼外江上之景融入其中，形象鲜明，充满诗情画意。尾联笔锋一转，写诗人面对浩渺的长江，却不知故乡所在，点明诗人思乡的愁绪。全诗虚实相生，意境天成。

山随平野尽，江入大荒流。

原作

渡远荆门外，来从楚国游。
山随平野尽，江入大荒流。
月下飞天镜，云生结海楼。
仍怜故乡水，万里送行舟。

[唐]李白《渡荆门送别》

简析

此诗是李白青年时期在出蜀途中写下的赠别家乡之作。其中颔联、颈联传诵颇广，以雄奇飘逸的笔触，描绘了楚地的伟丽山川、江中月影及江上云霞，表现了诗人博大的胸襟和远大的抱负。末两句一个“怜”字，以对故乡的留恋作结。全诗想象瑰丽，风格雄健，表现了诗人对家乡浓浓的惜别之情。

商女不知亡国恨，隔江犹唱后庭花。

原作

烟笼寒水月笼沙，夜泊秦淮近酒家。

商女不知亡国恨，隔江犹唱后庭花。

［唐］杜牧《泊秦淮》

简析

这是杜牧著名的感怀之作。诗人先以富于画意的笔触描写秦淮两岸的夜景，次句“近酒家”三字承上启下，引出后文表现官僚贵族纸醉金迷生活的商女“隔江犹唱后庭花”，从而触动诗人对国家命运无比忧虑的情怀。全诗构思精巧，寓情于景，感情深沉含蓄，具有强烈的艺术感染力。

梳洗罢，独倚望江楼。

原作

梳洗罢，独倚望江楼。
过尽千帆皆不是，斜晖脉脉水悠悠。
肠断白蘋洲。

[唐]温庭筠《望江南·梳洗罢》

简析

这是温庭筠的一首闺怨小令。词人以极其精练的语言，描绘出一位女子倚楼远望的形象：从“梳洗罢”到“斜晖脉脉”，极写女子等待时间之久；“过尽千帆”却“皆不是”，传神地刻画了女子不断从希望到失望的情态，终至“肠断白蘋洲”。全词情真意切，将思妇凝愁含恨的盼归之态表现得淋漓尽致。

问君能有几多愁？恰似一江春水向东流。

原作

春花秋月何时了？往事知多少。小楼昨夜又东风，故国不堪回首月明中。

雕栏玉砌应犹在，只是朱颜改。问君能有几多愁？恰似一江春水向东流。

[五代]李煜《虞美人·春花秋月何时了》

简析

这是李煜最著名的代表作，主题在于感叹荣华不再、往事成空，抒写囚居之苦与亡国之痛。其中“问君”两句，将抽象的愁绪比作滚滚东逝的一江春水，形象而贴切，可谓神来之笔。全词浑然一体，情真意切，清丽中见阔大，凄恻中含悲愤，具有恒久的艺术魅力。

无边落木萧萧下，不尽长江滚滚来。

原作

风急天高猿啸哀，渚清沙白鸟飞回。
无边落木萧萧下，不尽长江滚滚来。
万里悲秋常作客，百年多病独登台。
艰难苦恨繁霜鬓，潦倒新停浊酒杯。

[唐]杜甫《登高》

简析

这是杜甫晚年最负盛名的七律。首联、颔联紧扣秋天空旷寂寥的特点，写登高所见，其中颔联两句集中刻画了夔州秋季的特征，烘托韶光易逝之感，尤以其极为工整的对仗而传诵至今。颈联将萧瑟秋景与诗人流落天涯的迟暮之感紧密联系在一起，尾联点出时事艰难是潦倒的根源，诗人忧国伤时的形象跃然纸上。全诗对仗工整，格调悲壮沉郁，被誉为“唐人七律之冠”。

杨柳青青江水平，闻郎江上唱歌声。

原作

杨柳青青江水平，闻郎江上唱歌声。

东边日出西边雨，道是无晴却有晴。

[唐]刘禹锡《竹枝词二首·其一》

简析

这是刘禹锡的组诗作品（其一）。此诗以春日里江边青青的杨柳起兴，以“晴”与“情”的谐音一语双关，描绘少女听到情郎歌声后起伏的心绪。全诗构思精巧，委婉含蓄，巧妙地表现了沉浸在爱情中的少女，从迷惑到忐忑最终喜悦的心情，具有民间情歌的风味。

一道残阳铺水中，半江瑟瑟半江红。

原作

一道残阳铺水中，半江瑟瑟半江红。
可怜九月初三夜，露似真珠月似弓。

[唐]白居易《暮江吟》

简析

这是白居易的一首状景佳作。诗人选取了夕阳渐落和新月初升两个特定画面，以精练的语言刻画出太阳接近地平线时，晚霞照在江中使江水一半碧绿一半艳红的光影变化，以及朦胧夜色下如珍珠般的白露和弯弓般的新月。全诗语言清丽，仿佛一幅绝妙的画卷，充分体现了诗人轻松愉快的心情。

郁孤台下清江水，中间多少行人泪。

原作

郁孤台下清江水，中间多少行人泪。西北望长安，可怜无数山。

青山遮不住，毕竟东流去。江晚正愁余，山深闻鹧鸪。

[宋]辛弃疾《菩萨蛮·书江西造口壁》

简析

这是辛弃疾所作的一首题壁词。全词既隐指国耻未雪、中原沦亡，又暗喻恢复大业难于实现、国事多艰，表达了词人壮志难酬的悲愤，集中抒发了词人的爱国伤时之情。

月落乌啼霜满天，江枫渔火对愁眠。

原作

月落乌啼霜满天，江枫渔火对愁眠。
姑苏城外寒山寺，夜半钟声到客船。

[唐]张继《枫桥夜泊》

简析

这是张继在“安史之乱”后，途经寒山寺时所写。诗人通过落月啼乌、寒夜霜天、江枫渔火、钟声客船等意象，以细腻的笔触描绘出一位孤单的客子在江南深秋的夜泊图。全诗形象鲜明，有声有色，有景有情，艺术地表现了诗人乱世漂泊的羁旅之思和家国之忧。

至今思项羽，不肯过江东。

原作

生当作人杰，死亦为鬼雄。

至今思项羽，不肯过江东。

[宋]李清照《夏日绝句》

简析

这是李清照的一首借古讽今的诗作。开篇先声夺人，直抒胸臆地颂扬项羽的悲壮死战，展现了项羽生死都无愧为豪杰的气魄；后两句将历史与现实联系起来，借项羽的壮烈精神讽刺和抨击南宋朝廷逃跑偷生的行径。全诗字字珠玑，浩然正气充溢其间。

正是江南好风景，落花时节又逢君。

原作

岐王宅里寻常见，崔九堂前几度闻。
正是江南好风景，落花时节又逢君。

[唐]杜甫《江南逢李龟年》

简析

这是杜甫与音乐家李龟年在长沙重逢时，写给对方的一首诗。前两句言过去之盛，后两句写当下之衰。全诗语言浅近，不发一句抒情之语，但在强烈的对比中，时世凋敝丧乱，人生凄凉飘零的无限感慨尽在其中。

竹外桃花三两枝，春江水暖鸭先知。

原作

竹外桃花三两枝，春江水暖鸭先知。
蒌蒿满地芦芽短，正是河豚欲上时。

[宋]苏轼《惠崇春江晚景》

简析

这是苏轼的一首题画诗。首句写红桃绿竹相映，次句写鸭戏春水，“鸭先知”与“三两枝”相对应，点明早春时节；后两句进一步突出一个“春”字，尤其末句，借河豚水暖上位的特性，写活了画面所无、画笔难到之景，充分体现了诗画一体的特点。全诗洋溢着春天的气息和生命的活力，尽显诗人对早春的喜爱与赞美之情。

白日登山望烽火，黄昏饮马傍交河。

原作

白日登山望烽火，黄昏饮马傍交河。
行人刁斗风沙暗，公主琵琶幽怨多。
野云万里无城郭，雨雪纷纷连大漠。
胡雁哀鸣夜夜飞，胡儿眼泪双双落。
闻道玉门犹被遮，应将性命逐轻车。
年年战骨埋荒外，空见蒲桃入汉家。

[唐]李颀《古从军行》

简析

这是李颀所作的一首七言歌行。全诗以汉喻唐，极写从军之苦，并以万千尸骨埋于荒野，仅换得葡萄归种中原，反映战争给双方带来的巨大伤痛，表达了作者对和平的向往和对拓边战争的厌恶之情。

草枯鹰眼疾，雪尽马蹄轻。

原作

风劲角弓鸣，将军猎渭城。
草枯鹰眼疾，雪尽马蹄轻。
忽过新丰市，还归细柳营。
回看射雕处，千里暮云平。

[唐]王维《观猎》

简析

这是王维所作的一首五言律诗。前四句写射猎，后四句写猎归。诗中“枯”“尽”“疾”“轻”等字准确凝练，栩栩如生地刻画出将军的意态与豪情。全诗用典贴切，艺术表现手法也显出极高造诣。

长安古道马迟迟，高柳乱蝉栖。

原作

长安古道马迟迟，高柳乱蝉栖。夕阳岛外，秋风原上，目断四天垂。

归云一去无踪迹，何处是前期。狎兴生疏，酒徒萧索，不似去年时。

[宋]柳永《少年游·长安古道马迟迟》

简析

柳永的这首词，写深秋时节在长安路上的所见所思。上片写秋日景象，悲慨尽在言外；下片以“归云”为喻象，写期望落空；最后三句悲叹自己的落拓无成。全词底色低沉，堪称词人悲苦一生的真实写照。

车辚辚，马萧萧，行人弓箭各在腰。

原作

车辚辚，马萧萧，行人弓箭各在腰。爷娘妻子走相送，尘埃不见咸阳桥。牵衣顿足拦道哭，哭声直上干云霄。道旁过者问行人，行人但云点行频。或从十五北防河，便至四十西营田。去时里正与裹头，归来头白还戍边。边庭流血成海水，武皇开边意未已。君不闻汉家山东二百州，千村万落生荆杞。纵有健妇把锄犁，禾生陇亩无东西。况复秦兵耐苦战，被驱不异犬与鸡。长者虽有问，役夫敢申恨？且如今年冬，未休关西卒。县官急索租，租税从何出？信知生男恶，反是生女好。生女犹得嫁比邻，生男埋没随百草。君不见，青海头，古来白骨无人收。新鬼烦冤旧鬼哭，天阴雨湿声啾啾！

[唐]杜甫《兵车行》

简析

这是一首反对唐玄宗穷兵黩武的政治讽刺诗，亦是杜诗“诗史”特点的典型代表。全诗分为两大部分：第一部分叙事，写咸阳桥头送别惨状。“道旁过者问行人”开始为第二部分，写征夫诉苦，是记言。全诗深刻揭露了拓边战争给人民造成的深重灾难，表达了诗人对人民不幸的深切同情。

车如流水马如龙。

原作

多少恨，昨夜梦魂中。

还似旧时游上苑，车如流水马如龙。

花月正春风。

[五代]李煜《望江南·多少恨》

简析

这首词是李煜亡国入宋被囚后所作。词人以乐景写哀情，通过描写梦中江南令人沉迷的往昔盛景，与现实产生了极大反差，从而将自己的故国之思和亡国之痛表现得尤为深刻。全词婉转曲折，寓味深长。

春风得意马蹄疾，一日看尽长安花。

原作

昔日龌龊不足夸，今朝放荡思无涯。
春风得意马蹄疾，一日看尽长安花。

[唐]孟郊《登科后》

简析

此诗为孟郊四十六岁进士及第后所作。前两句将诗人过去的失意困窘，与今朝考取功名的得意情境作了对比；后两句写诗人在春风中策马疾驰，一日看尽长安的似锦繁花。全诗酣畅淋漓地表现了诗人进士及第后的得意之态与极度喜悦之情。

但使龙城飞将在，不教胡马度阴山。

原作

秦时明月汉时关，万里长征人未还。
但使龙城飞将在，不教胡马度阴山。

[唐]王昌龄《出塞二首·其一》

简析

王昌龄在此诗中对边塞的征戍生活作了高度的概括。首句互文见义，与次句共同表达了战争的时间之久及空间之广。三、四句以汉代唐点明主题。全诗悲壮而慷慨，表达了诗人对良将的期盼，对旷日持久的边塞战争结束的渴望，以及对和平生活的向往，思想深刻，意境深远。

当年万里觅封侯。匹马戍梁州。

原作

当年万里觅封侯。匹马戍梁州。关河梦断何处，尘暗旧貂裘。

胡未灭，鬓先秋。泪空流。此生谁料，心在天山，身老沧洲。

[宋]陆游《诉衷情·当年万里觅封侯》

简析

这首词是词人晚年闲居山阴时所作。全词通过今昔对比，反映了词人的坎坷经历和不幸遭遇，表达了词人壮志未酬、报国无门的悲愤不平之情。全词格调苍凉悲壮，慷慨沉郁，语言明白晓畅，用典自然，有很强的艺术感染力。

古道西风瘦马。

原作

枯藤老树昏鸦，
小桥流水人家，
古道西风瘦马。
夕阳西下，
断肠人在天涯。

[元]马致远《天净沙·秋思》

简析

这是马致远最著名的一首散曲作品。作者用极其凝练的语言，将众多平淡的意象巧妙地连缀在一起，渲染了深秋哀愁的氛围，将游子的无限乡思愁绪寓于其中。末句“断肠人在天涯”是点睛之笔，使旅人的愁思达到极致。全词寓情于景，结构精巧，言简意丰。

好水好山看不足，马蹄催趁月明归。

原作

经年尘土满征衣，特特寻芳上翠微。
好水好山看不足，马蹄催趁月明归。

[宋]岳飞《池州翠微亭》

简析

这是岳飞率兵驻防池州，游城东南齐山翠微亭时所作的一首七绝。一、二句写诗人在长期艰苦的军旅生活间隙，特意来翠微亭欣赏美景，“特特”二字反映了此次游览的难得与不易。三、四句高度概括了诗人对美景流连忘返却不得不归去的情态。全诗语言朴实自然，抒写了诗人对祖国大好河山的真挚热爱。

胡马依北风，越鸟巢南枝。

原作

行行重行行，与君生别离。相去万余里，各在天一涯。道路阻且长，会面安可知。胡马依北风，越鸟巢南枝。相去日已远，衣带日已缓。浮云蔽白日，游子不顾返。思君令人老，岁月忽已晚。弃捐勿复道，努力加餐饭。

[汉]《古诗十九首·行行重行行》

简析

这首诗表达了女子对远行异乡丈夫的思念。诗中从与夫别离，写到路途遥远难以见面，引出“衣带日已缓”的刻骨相思，可是远行的游子并不想回返，最后女子只能勉强宽慰自己“努力加餐饭”。全诗具有淳朴清新的民歌风格，语言朴素自然，感情真挚动人。

挥手自兹去，萧萧班马鸣。

原作

青山横北郭，白水绕东城。
此地一为别，孤蓬万里征。
浮云游子意，落日故人情。
挥手自兹去，萧萧班马鸣。

[唐]李白《送友人》

简析

这是李白的一首送别之作。首联、颔联描写送别之事，“孤蓬”二字极写友人的孤身远行，隐含诗人的不舍之情。颈联、尾联分别以“浮云”“落日”来表现游子之心和故人之情，连友人那离群马儿的嘶鸣也仿佛成了离别之声。全诗寓情于景，将离情别思写得委婉含蓄，真切感人。

金戈铁马，气吞万里如虎。

原作

千古江山，英雄无觅，孙仲谋处。舞榭歌台，风流总被，雨打风吹去。斜阳草树，寻常巷陌，人道寄奴曾住。想当年，金戈铁马，气吞万里如虎。

元嘉草草，封狼居胥，赢得仓皇北顾。四十三年，望中犹记，烽火扬州路。可堪回首，佛狸祠下，一片神鸦社鼓。凭谁问，廉颇老矣，尚能饭否？

[宋]辛弃疾《永遇乐·京口北固亭怀古》

简析

此词作于辛弃疾66岁、朝廷筹划北伐之时。上阕怀古抒今，以赞扬在京口建立霸业的孙权和率军北伐的刘裕，来表达自己为国立功的愿望。下阕运用刘义隆草率北伐而大败的典故，表明诗人主战的坚决立场及反对冒进的态度。结尾三句借廉颇自比，抒发了词人强烈的爱国之心和壮志难酬的深沉慨叹。全词豪壮悲凉，义重情深。

郎骑竹马来，绕床弄青梅。

原作

妾发初覆额，折花门前剧。郎骑竹马来，绕床弄青梅。同居长干里，两小无嫌猜。十四为君妇，羞颜未尝开。低头向暗壁，千唤不一回。十五始展眉，愿同尘与灰。常存抱柱信，岂上望夫台。十六君远行，瞿塘滟滪堆。五月不可触，猿声天上哀。门前迟行迹，一一生绿苔。苔深不能扫，落叶秋风早。八月蝴蝶黄，双飞西园草。感此伤妾心，坐愁红颜老。早晚下三巴，预将书报家。相迎不道远，直至长风沙。

[唐]李白《长干行二首·其一》

简析

这是李白的一组爱情叙事诗。此诗通过女子自述的口吻，以时间为线索叙述了她的爱情及婚姻生活，塑造了一位情感丰富的少妇形象。诗中前六句宛若一组民间孩童嬉戏的风情画卷，将一对小儿女的天真无邪刻画得活灵活现，青梅竹马、两小无猜两个成语皆由此而来。后文通过女子不同阶段的心理变化，揭示了女子新婚时的羞怯，对远行丈夫的思念以及自己执着的坚守。全诗手法细腻，形象鲜明，感情真挚动人。

楼船夜雪瓜洲渡，铁马秋风大散关。

原作

早岁那知世事艰，中原北望气如山。
楼船夜雪瓜洲渡，铁马秋风大散关。
塞上长城空自许，镜中衰鬓已先斑。
出师一表真名世，千载谁堪伯仲间。

[宋]陆游《书愤五首·其一》

简析

《书愤》是陆游创作的一组七律，以此首最为经典。全诗紧扣一个“愤”字，感情沉郁，气韵绵长，从早年的豪情壮志和战斗生活情景，写到如今时光虚掷、壮志难酬的不满与悲愤，末以诸葛亮自况，可谓句句是愤，字字是愤。

落日照大旗，马鸣风萧萧。

原作

朝进东门营，暮上河阳桥。
落日照大旗，马鸣风萧萧。
平沙列万幕，部伍各见招。
中天悬明月，令严夜寂寥。
悲笳数声动，壮士惨不骄。
借问大将谁，恐是霍嫖姚。

[唐]杜甫《后出塞五首·其二》

简析

这是杜甫因安禄山图谋叛乱而作的组诗，五首诗主要叙写一位征夫的逃归遭遇，是“安史之乱”开始前一段史实的写照。此诗主要叙述征夫在行军途中的情景。诗人以时间为线索，依次勾勒出自朝至暮，多变的军旅生活和威严雄壮的行军图景。全诗层次井然，有声有色。

马毛带雪汗气蒸，五花连钱旋作冰。

原作

君不见，走马川行雪海边，平沙莽莽黄入天。轮台九月风夜吼，一川碎石大如斗，随风满地石乱走。匈奴草黄马正肥，金山西见烟尘飞，汉家大将西出师。将军金甲夜不脱，半夜军行戈相拨，风头如刀面如割。马毛带雪汗气蒸，五花连钱旋作冰，幕中草檄砚水凝。虏骑闻之应胆慑，料知短兵不敢接，车师西门伫献捷。

[唐]岑参《走马川行奉送出师西征》

简析

这是岑参边塞诗的代表作。“君不见”六句以“莽莽”“吼”“石乱走”等词极写边塞环境的恶劣和艰险；后半部分叙写军队夜间行军的状态——风吹在脸上像刀割一般，战马身上的汗水即刻凝结成冰。这种极致的严寒和艰苦，衬托出士卒们大无畏的英雄气概和征战的伟绩。全诗激越豪壮，有极强的感染力。

马上相逢无纸笔，凭君传语报平安。

原作

故园东望路漫漫，双袖龙钟泪不干。

马上相逢无纸笔，凭君传语报平安。

[唐]岑参《逢入京使》

简析

这首诗是岑参的名篇之一。描写了诗人在西征途中路遇入京使者，托其捎带口信的典型场面。首句点出离家之远，次句以沾湿衣袖的滂沱之泪略为夸张地表现诗人思乡的情状；三、四句刻画出诗人托人带口信亦行色匆匆的状态，“马上相逢”生动地体现了军旅中快节奏的生活，颇为别致。全诗语言朴素自然，感情真挚，具有浓郁的边塞气息。

马作的卢飞快，弓如霹雳弦惊。

原作

醉里挑灯看剑，梦回吹角连营。八百里分麾下炙，五十弦翻塞外声。沙场秋点兵。

马作的卢飞快，弓如霹雳弦惊。了却君王天下事，赢得生前身后名。可怜白发生！

[宋]辛弃疾《破阵子·为陈同甫赋壮词以寄之》

简析

这是辛弃疾的一首名作。词人从一“醉”字写起，刻画出战场上的豪壮气势，并酣畅淋漓地表达了自己想要杀敌报国、建功立业的愿望。下片“了却”两句，将词人的爱国之心及忠君之念推向了顶点；末句“可怜白发生”情绪却急转直下，想象与现实产生了强烈的落差。全词将词人壮心不已的豪情、壮志难酬的悲愤表现得极为深沉，结构巧妙，扣人心弦，极富艺术魅力。

牧人驱犊返，猎马带禽归。

原作

东皋薄暮望，徙倚欲何依。

树树皆秋色，山山唯落晖。

牧人驱犊返，猎马带禽归。

相顾无相识，长歌怀采薇。

[唐]王绩《野望》

简析

这是王绩的一首五律。首联写诗人远望而徘徊不定，表现其彷徨心态；颔联、颈联是对诗人隐居之地秋景的描绘，远近结合，动静相宜；尾联表达秋景虽美，诗人却无法从中找到慰藉，只能追怀古时的隐士。全诗于萧瑟恬静的秋景描写中流露出孤独抑郁的心情，摆脱了初唐轻靡华艳的诗风，语言清新，别具一格。

葡萄美酒夜光杯，欲饮琵琶马上催。

原作

葡萄美酒夜光杯，欲饮琵琶马上催。
醉卧沙场君莫笑，古来征战几人回？

[唐]王翰《凉州词二首·其一》

简析

这是王翰的组诗作品（其一）。诗人不正面描写战争，而是通过渲染出征前盛大的酒筵，以及士卒们开怀豪饮的场面加以烘托。一说认为全诗写边塞士卒的英雄气概，基调豪放；另说全诗写士卒对征战的厌倦和对自身命运的无奈，情调悲凉。虽有分歧，皆可作为正解，这也正是此诗的含蓄及动人之处。

戎马关山北，凭轩涕泗流。

原作

昔闻洞庭水，今上岳阳楼。
吴楚东南坼，乾坤日夜浮。
亲朋无一字，老病有孤舟。
戎马关山北，凭轩涕泗流。

[唐]杜甫《登岳阳楼》

简析

这是一首五律，乃杜甫漂泊至岳州，登临岳阳楼时所作。首联写得偿夙愿之喜，颔联赞洞庭气势之雄，颈联感身世凄凉之伤，尾联叹国事时局之悲。全诗情景交融，将诗人历经战乱沧桑的百感交集，表现得淋漓尽致。

世间何物催人老？半是鸡声半马蹄。

原作

晓觉芳檐片月低，依稀乡国梦中迷。
世间何物催人老？半是鸡声半马蹄。

[清]王九龄《题旅店》

简析

这是一首抒写人生体味的小诗。诗人醒后回忆梦中依稀见到的家乡，引出了“世间何物催人老”的问题，继而以催人早起的鸡鸣与载人奔波的马蹄，高度概括了自己漂泊不定、奔波劳累的生活，自然得出问题的答案。全诗语言精练，艺术地表现了诗人对年华易逝、人生易老的感慨。

十里一走马，五里一扬鞭。

原作

十里一走马，五里一扬鞭。
都护军书至，匈奴围酒泉。
关山正飞雪，烽火断无烟。

[唐]王维《陇西行》

简析

这是王维借乐府旧题创作的一首五言诗。诗人截取使者送军书这一片段，通过对军使扬鞭飞驰，及雪天无烟的烽火的描写，突出表现了“匈奴围酒泉”这一军情的十万火急。全诗虽未正面描写战争，这样的侧面烘托却使得诗作内蕴丰富，不落窠臼。

世味年来薄似纱，谁令骑马客京华？

原作

世味年来薄似纱，谁令骑马客京华？
小楼一夜听春雨，深巷明朝卖杏花。
矮纸斜行闲作草，晴窗细乳戏分茶。
素衣莫起风尘叹，犹及清明可到家。

[宋]陆游《临安春雨初霁》

简析

这是陆游晚年所作的七律。首联直抒胸臆，表达了诗人长期宦海浮沉后，对世态炎凉和客居京华的悲叹。颔联传诵颇广，以明媚的春光衬托诗人的落寞愁绪。全诗情绪由高到低，以淡然的笔触写出了诗人对官场的倦怠之感和壮志未酬的抑郁之情。

同学少年多不贱，五陵衣马自轻肥。

原作

千家山郭静朝晖，日日江楼坐翠微。
信宿渔人还泛泛，清秋燕子故飞飞。
匡衡抗疏功名薄，刘向传经心事违。
同学少年多不贱，五陵衣马自轻肥。

[唐]杜甫《秋兴八首·其三》

简析

《秋兴八首》是杜甫寓居四川夔州时，因有感于秋而作的七律组诗，此首主要以夔州秋景起兴继而感怀自身。首联、颔联描摹秋色的宁静清明，泛舟、飞燕本是寻常景象，诗人却巧妙地通过“还”“故”二字表现内心的烦乱之感。颈联、尾联以匡衡、刘向的典故对比自身的落拓不得志，慨叹抱负落空。全诗格调沉郁，格律谨严，感情丰富低徊。

五花马，千金裘，呼儿将出换美酒。

原作

君不见黄河之水天上来，奔流到海不复回。君不见高堂明镜悲白发，朝如青丝暮成雪。人生得意须尽欢，莫使金樽空对月。天生我材必有用，千金散尽还复来。烹羊宰牛且为乐，会须一饮三百杯。岑夫子，丹丘生，将进酒，杯莫停。与君歌一曲，请君为我倾耳听。钟鼓馔玉不足贵，但愿长醉不复醒。古来圣贤皆寂寞，惟有饮者留其名。陈王昔时宴平乐，斗酒十千恣欢谑。主人何为言少钱，径须沽取对君酌。五花马，千金裘，呼儿将出换美酒，与尔同销万古愁。

［唐］李白《将进酒》

简析

这是李白被赐金放还后沿用乐府旧题所作。诗人在豪饮行乐中，慨叹人生短暂，鄙弃世俗富贵，主张及时行乐，其中“天生我材”“但愿长醉”等句，对诗人豪纵狂放的个性有着极其鲜明的体现。全诗多用夸张手法，感情十分饱满，于悲愁中寓豪放，于失意中见旷达。

夜阑卧听风吹雨，铁马冰河入梦来。

原作

僵卧孤村不自哀，尚思为国戍轮台。
夜阑卧听风吹雨，铁马冰河入梦来。

[宋]陆游《十一月四日风雨大作·其二》

简析

这是陆游罢居孤村后，六十八岁时所作的一首七绝。反映了诗人不顾年高体迈，仍渴望报效国家的雄心壮志；尤其后两句，将诗人空怀壮志，只能把为国恢复中原的理想寄托于梦境之中的不甘与无奈，表现得格外真切动人。

主人下马客在船，举酒欲饮无管弦。

原作

元和十年，予左迁九江郡司马。明年秋，送客湓浦口，闻舟中夜弹琵琶者。听其音，铮铮然有京都声。问其人，本长安倡女，尝学琵琶于穆、曹二善才。年长色衰，委身为贾人妇。遂命酒，使快弹数曲。曲罢悯然，自叙少小时欢乐事，今漂沦憔悴，转徙于江湖间。予出官二年，恬然自安，感斯人言，是夕始觉有迁谪意。因为长句，歌以赠之，凡六百一十六言，命曰《琵琶行》。

浔阳江头夜送客，枫叶荻花秋瑟瑟。主人下马客在船，举酒欲饮无管弦。醉不成欢惨将别，别时茫茫江浸月。忽闻水上琵琶声，主人忘归客不发。寻声暗问弹者谁，琵琶声停欲语迟。移船相近邀相见，添酒回灯重开宴。千呼万唤始出来，犹抱琵琶半遮面。转轴拨弦三两声，未成曲调先有情。弦弦掩抑声声思，似诉平生不得志。低眉信手续续弹，说尽心中无限事。轻拢慢撚抹复挑，初为霓裳后六幺。大弦嘈嘈如急雨，小弦切切如私语。嘈嘈切切错杂弹，大珠小珠落玉盘。间关莺语花底滑，幽咽泉流冰下难。冰泉冷涩弦凝绝，凝绝不通声渐歇。别有幽愁暗恨生，此时无声胜有声。银瓶乍破水浆迸，铁骑突出刀枪鸣。曲终收拨当心画，四弦一声如裂帛。东船西舫悄无言，唯见江心秋月白。沉吟放拨插弦中，整顿衣裳起敛容。自言本是京城女，家在虾蟆陵下住。十三学得琵琶成，名属教坊第一部。曲罢曾教善才服，妆成每被秋娘妒。五陵年少争缠头，一曲红绡不知数。钿头银篦击节碎，血色罗裙翻酒污。今年欢笑复明年，秋月春风等闲度。弟走从军阿姨死，暮去朝来颜色故。门前冷落鞍马稀，老大嫁作商人妇。商人重利轻别离，前月浮梁买茶去。去来江口守空船，绕船月明江水寒。夜深忽梦少年事，梦啼妆泪红阑干。我闻琵琶已叹息，又闻此语重唧唧。同是天涯沦落人，相逢何必曾相识。我从去年辞帝京，谪居卧病浔阳城。浔阳地僻无音乐，终岁不闻丝竹声。住近湓江地低湿，黄芦苦竹绕宅生。其间旦暮闻何物，杜鹃啼血猿哀鸣。春江花朝秋月夜，往往取酒还独倾。岂无山歌与村笛，呕哑嘲哳难为听。今夜闻君琵琶语，如听仙乐耳暂明。莫辞更坐弹一曲，为君翻作琵琶行。感我此言良久立，却坐促弦弦转急。凄凄不似向前声，满座重闻皆掩泣。座中泣下谁最多？江州司马青衫湿。

[唐]白居易《琵琶行》

简析

这是一首七言古诗，也是一首声情并茂的长篇叙事诗。诗人通过写琵琶女生活的不幸，结合自身宦途所受到的打击，凸显了“同是天涯沦落人，相逢何必曾相识”的主题。全诗可分四个部分，前三部分分别写琵琶女的出场、身世和高超技艺，最后抒发诗人与琵琶女的同病相怜之情。全诗真情灌注，语言优美，富于乐感，佳句迭出，展现了诗人在铺写、叙事、抒情方面的极高造诣，向来与《长恨歌》齐名，是白居易感伤诗的代表作。

竹杖芒鞋轻胜马。

原作

三月七日，沙湖道中遇雨。雨具先去，同行皆狼狈，余独不觉，已而遂晴，故作此词。

莫听穿林打叶声，何妨吟啸且徐行。竹杖芒鞋轻胜马，谁怕？一蓑烟雨任平生。

料峭春风吹酒醒，微冷，山头斜照却相迎。回首向来萧瑟处，归去，也无风雨也无晴。

[宋]苏轼《定风波·莫听穿林打叶声》

简析

这是苏轼于黄州所写的词作。上阕“穿林打叶”点出雨骤风狂的情境，继以“何妨”“徐行”“轻胜马”“任平生”等词，表现词人的轻松之态与旷达心境，充满清旷豪放之气。下阕以雨过天晴之景铺垫词人富有哲理意味的人生感悟，末句“也无风雨也无晴”一语双关，既指途中风雨，亦言仕途遭际。全词语言诙谐，表达了词人旷达超脱的人生信念和精神追求。

矮人看戏何曾见，都是随人说短长。

原作

只眼须凭自主张，纷纷艺苑漫雌黄。

矮人看戏何曾见，都是随人说短长。

[清]赵翼《论诗五首·其三》

简析

这是赵翼的组诗作品（其三）。此诗主要抒写诗人的文艺主张。诗中以矮人看戏只能人云亦云的形象作比，批评艺术领域信口雌黄的现象，一针见血地指出文艺评论要有自己的独到见解，绝不能鹦鹉学舌，拾人牙慧。

北方有佳人，绝世而独立。

原作

北方有佳人，绝世而独立。
一顾倾人城，再顾倾人国。
宁不知倾城与倾国？佳人难再得。

[汉]李延年《李延年歌》

简析

这是汉代宫廷音乐家李延年的作品。诗人通篇采用夸张手法，称赞所咏女子冠绝当代，并以其具有倾城倾国的巨大魅力极言佳人之美。全诗言语极简，给人以极大的想象空间。在体式上，亦对汉代文人五言诗的萌芽和生长有一定的催化作用。

不敢高声语，恐惊天上人。

原作

危楼高百尺，手可摘星辰。
不敢高声语，恐惊天上人。

[唐]李白《夜宿山寺》

简析

这首诗是李白的绝句名篇。全诗层层递进，以夸张的笔触，通过“百尺”“摘星”等字眼极言山寺中楼宇之高；末句“恐惊天山人”使这种夸张达到极致，将一座几乎不可想象的宏伟建筑展现在眼前。全诗语言朴实，想象大胆，形象逼真。

春风不解禁杨花，蒙蒙乱扑行人面。

原作

小径红稀，芳郊绿遍，高台树色阴阴见。春风不解禁杨花，蒙蒙乱扑行人面。

翠叶藏莺，朱帘隔燕，炉香静逐游丝转。一场愁梦酒醒时，斜阳却照深深院。

[宋]晏殊《踏莎行·小径红稀》

简析

这是晏殊的一首伤春之词。上阕描摹了郊外花稀草盛、树木成荫、杨花扑面的暮春景色；下阕由室外转至室内，以莺燕的动态反衬出室内炉香袅袅的寂静；结句通过酒后一觉醒来夕阳斜照的情景，传达出日长难以消遣的愁闷感。全词以景写情，淡淡闲愁蕴于其间。

此身合是诗人未？细雨骑驴入剑门。

原作

衣上征尘杂酒痕，远游无处不销魂。

此身合是诗人未？细雨骑驴入剑门。

[宋]陆游《剑门道中遇微雨》

简析

此诗为陆游自南郑前线赴成都任职，途经剑门时所作。首句以衣上沾满尘土、杂有酒痕的形象起笔，暗含诗人长期奔走而壮志未酬的状态；次句高度概括自己数十年间的经历与心态；唐代诗人多有骑驴之故事，因此后两句诗人因细雨骑驴而生联想，自问“此生就是一个诗人吗”，实含不甘仅为诗人却不得其志的怨望。全诗构思新颖，含蓄地表达了诗人壮志难酬、衷情难诉的情怀。

但愿人长久，千里共婵娟。

原作

丙辰中秋，欢饮达旦，大醉。作此篇，兼怀子由。

明月几时有，把酒问青天。不知天上宫阙，今夕是何年。我欲乘风归去，又恐琼楼玉宇，高处不胜寒。起舞弄清影，何似在人间。

转朱阁，低绮户，照无眠。不应有恨，何事长向别时圆。人有悲欢离合，月有阴晴圆缺，此事古难全。但愿人长久，千里共婵娟。

[宋]苏轼《水调歌头·明月几时有》

简析

这首词作于苏轼贬谪密州时，是苏轼最负盛誉的词作之一。全词以月起兴，上阕抒写词人幻想，“乘风归去”表现了词人超脱尘世的思想境界，又以“何似在人间”传达词人留恋人间的情感变化。下阕由中秋圆月联想到人间的离别，“人有”等五句是词人的自我安慰，将对弟弟的想念与人世的悲欢离合，融入词人对自然人生的思考之中，于感伤中见旷达。全词艺术地表现了词人出世入世的矛盾心态，意境高远，思想深邃，感情细腻丰富，具有极高的审美价值。

等闲变却故人心，却道故人心易变。

原作

人生若只如初见，何事秋风悲画扇。等闲变却故人心，却道故人心易变。

骊山语罢清宵半，泪雨零铃终不怨。何如薄幸锦衣郎，比翼连枝当日愿。

[清]纳兰性德《木兰花·拟古决绝词柬友》

简析

诗人借用班婕妤被弃与杨贵妃的爱情悲剧，通过“秋扇”“骊山语”“雨霖铃”“比翼连枝”等意象，营造了一种幽怨、悲凉、凄恻的氛围。词作题为“柬友”，一说其意是以男女间的爱情为喻，表明交友之道同样应该始终如一，生死不渝。

过尽行人都不起，忽闻水响一齐飞。

原作

天寒水鸟自相依，十百为群戏落晖。
过尽行人都不起，忽闻水响一齐飞。

[宋]秦观《还自广陵》

简析

这是秦观所作的一首七绝，主要描写诗人自广陵返回家乡途中所见景色。前两句形象地写出了水鸟在落晖下相互依偎、嬉戏的神貌，清新自然；后两句为点睛之笔，将水鸟惊起纷飞、融入晚霞的情景描绘得有声有色。全诗语言生动，描摹传神，情趣盎然。

鸡声茅店月，人迹板桥霜。

原作

晨起动征铎，客行悲故乡。
鸡声茅店月，人迹板桥霜。
槲叶落山路，枳花明驿墙。
因思杜陵梦，凫雁满回塘。

[唐]温庭筠《商山早行》

简析

诗人通过鸡鸣、茅店、明月、板桥、白霜、落叶、山路、枳花、驿站等多个意象，将初春山村黎明特有的景色，细腻而又精致地描摹出来。而这景色使诗人不由想起梦中的故乡之景——“凫雁满回塘”，思乡之意顿出。全诗情景交融，含蓄有致，是羁旅之情的名篇。

江山代有才人出，各领风骚数百年。

原作

李杜诗篇万口传，至今已觉不新鲜。
江山代有才人出，各领风骚数百年。

[清]赵翼《论诗五首·其二》

简析

此组诗是作者为批驳当时社会上流行的“诗必称古”“厚古薄今”的观点而创作的。其中“江山代有才人出，各领风骚数百年” 一句广为传诵，以李、杜诗篇举例，告诉人们在创作上应求变创新，表达了作者对新人新作的强烈呼唤和期待。

金风玉露一相逢，便胜却、人间无数。

原作

纤云弄巧，飞星传恨，银汉迢迢暗度。金风玉露一相逢，便胜却、人间无数。

柔情似水，佳期如梦，忍顾鹊桥归路。两情若是久长时，又岂在、朝朝暮暮。

[宋]秦观《鹊桥仙·纤云弄巧》

简析

这是秦观最负盛名的词作之一，通过描摹牛郎织女一年一度在鹊桥相会的情景，讴歌了他们美好的爱情。其中“金风玉露”两句写两人在七夕这一天的短短相会，就胜过人世间的千万遍，是对两人爱情的高度赞扬；最末两句在不忍分别时发出议论，成为爱情颂歌中的千古绝唱。全词因末两句而境界高远，不落俗套。

举杯邀明月，对影成三人。

原作

花间一壶酒，独酌无相亲。举杯邀明月，对影成三人。月既不解饮，影徒随我身。暂伴月将影，行乐须及春。我歌月徘徊，我舞影零乱。醒时同交欢，醉后各分散。永结无情游，相期邈云汉。

［唐］李白《月下独酌·其一》

简析

此诗作于诗人供奉翰林，却因谗见疏之时。诗中描写诗人月下独酌，却想象自己与明月和影子热闹对饮的场景，诗人边饮边舞，仿佛自得其乐；末两句“无情游”写诗人明知月、影无情，仍要与之结下友谊来日再聚，孤寂之意尽显。全诗从独酌到共饮再到“相期”，运用丰富的想象表现了诗人试图解脱愁绪却更加落寞的心境。

可怜无定河边骨，犹是春闺梦里人。

原作

暂扫匈奴不顾身，五千貂锦丧胡尘。
可怜无定河边骨，犹是春闺梦里人。

[唐]陈陶《陇西行·其二》

简析

这是陈陶用乐府旧题所作的一首七绝，反映了唐代长期的边塞战争给人民带来的深重灾难。前两句高度概括唐军将士的勇敢和献身精神，后两句笔锋一转升华主题，诗人别出心裁地将“河边骨”与“春闺梦”联系起来，写年轻的妻子不知丈夫战死化为白骨，仍在梦中盼望相见的情景。美好希望与残酷现实之间的巨大落差产生了强烈的悲剧力量，诗人深沉的感慨和深切的同情浸透纸背，感人至深。

帘卷西风，人比黄花瘦。

原作

薄雾浓云愁永昼，瑞脑消金兽。佳节又重阳，玉枕纱橱，半夜凉初透。

东篱把酒黄昏后，有暗香盈袖。莫道不消魂，帘卷西风，人比黄花瘦。

[宋]李清照《醉花阴·薄雾浓云愁永昼》

简析

这首词是李清照婚后思念丈夫所作。词中描写重阳节把酒赏菊的情形，上阕移情入景，以“愁永昼”“凉初透”烘托出了孤凄寂寥的氛围；下阕先写词人饮酒赏菊到黄昏，仍然无法排遣对丈夫的思念，于是末三句连成一气直抒胸臆，极言思念之深切刻骨，广为传诵。

路人借问遥招手，怕得鱼惊不应人。

原作

蓬头稚子学垂纶，侧坐莓苔草映身。
路人借问遥招手，怕得鱼惊不应人。

[唐]胡令能《小儿垂钓》

简析

这首诗写一个儿童在河边钓鱼时的情景。诗人惜字如金，抓住儿童因怕惊到鱼儿而向路人摆手示意的场景，以细腻的笔触，寥寥数语就刻画出一个初学垂钓天真烂漫的儿童形象。全诗充满了浓浓的生活情趣。

乱入池中看不见，闻歌始觉有人来。

原作

荷叶罗裙一色裁，芙蓉向脸两边开。
乱入池中看不见，闻歌始觉有人来。

[唐]王昌龄《采莲曲·其二》

简析

这是王昌龄以乐府旧题所作的一首七绝。前两句铺垫，后两句乃精妙之笔。“乱入”反映少女们的争先恐后，“看不见”则反映少女与荷叶、莲花混成一体，罗裙与荷叶相近，人面与莲花难辨，成功地刻画出采莲少女们娇美活泼的形象。全诗洋溢着鲜活的青春气息。

美人含怒夺灯去，问郎知是几更天。

原作

寒夜读书忘却眠，锦衾香尽炉无烟。

美人含怒夺灯去，问郎知是几更天。

[清]袁枚《寒夜》

简析

这是一首描写闺情闲趣的诗作。前两句写丈夫寒夜读书的痴迷与忘我，后两句写妻子对丈夫忘却休息的嗔怪与心疼。全诗用白描手法艺术地表现了妻子的轻俏美丽、对丈夫的关爱，以及丈夫对关爱的感念和对妻子的歉意。诗中洋溢着令人艳羡的夫妻情爱和亲切感人的生活气息。

暮从碧山下，山月随人归。

原作

暮从碧山下，山月随人归。却顾所来径，苍苍横翠微。相携及田家，童稚开荆扉。绿竹入幽径，青萝拂行衣。欢言得所憩，美酒聊共挥。长歌吟松风，曲尽河星稀。我醉君复乐，陶然共忘机。

[唐]李白《下终南山过斛斯山人宿置酒》

简析

这首诗主要描写诗人拜访一位姓斛斯的隐士之事。前八句描写诗人一路所见，“翠微”“绿竹”“青萝”等意象色彩鲜明，烘托出愉快的氛围；后六句写两人把酒言欢的场景，神采激扬，人世的机巧之心一扫而空。全诗语言淳厚质朴，情景交融。

前不见古人，后不见来者。

原作

前不见古人，后不见来者。
念天地之悠悠，独怆然而涕下。

[唐]陈子昂《登幽州台歌》

简析

这是陈子昂的代表作。前两句俯仰古今，表达诗人对古时明君贤士风云际会的缅怀，及对后世英才无法相见的遗憾。后两句强烈地暗示出时空的无限性，使人顿生天地无穷、人生短暂的慨叹。全诗语言颇具感染力，体现了诗人的生不逢时、怀才不遇之感。

劝君更尽一杯酒，西出阳关无故人。

原作

渭城朝雨浥轻尘，客舍青青柳色新。
劝君更尽一杯酒，西出阳关无故人。

[唐]王维《送元二使安西》

简析

这首诗作于王维送友人赴西北边疆时。前两句点出送别情景，其中“轻”和“新”表现送别氛围的轻柔明快，别意深厚而不悲伤。后两句不仅反映了诗人与友人依依惜别的深情，也饱含着对友人远行的体贴与前路珍重的殷殷祝福，最能撩拨人的心弦，引起广泛的共鸣，遂成千古绝唱。

缺月挂疏桐，漏断人初静。

原作

缺月挂疏桐，漏断人初静。谁见幽人独往来，缥缈孤鸿影。

惊起却回头，有恨无人省。拣尽寒枝不肯栖，寂寞沙洲冷。

[宋]苏轼《卜算子·黄州定慧院寓居作》

简析

此词为苏轼贬谪黄州时所作。词人以“孤鸿”为喻，上阕描摹夜深人静之时孤寂徘徊的“幽人”形象，以及缥缈的孤雁之影，两相映衬。下阕运用象征手法，匠心独运地将人与雁同写，孤雁的“拣尽寒枝”就是诗人高洁自赏、不与世俗同流合污的映照。全诗托物寓怀，反映了诗人政治失意后的孤独寂寞之情。

去年今日此门中，人面桃花相映红。

原作

去年今日此门中，人面桃花相映红。

人面不知何处去，桃花依旧笑春风。

[唐]崔护《题都城南庄》

简析

这是崔护的代表作。诗中先忆去年今日与佳人相逢，再写“今年今日”重访却不遇的情景。两个场景对比顿生物是人非之感，表现了诗人怅惘的心情。诗人以“人面”“桃花”为线索贯穿全篇，传达出普遍的人生体验——偶然得遇的美好，刻意再追求时反而不可复得，因而传唱不衰。

人生自古谁无死，留取丹心照汗青。

原作

辛苦遭逢起一经，干戈寥落四周星。
山河破碎风飘絮，身世浮沉雨打萍。
惶恐滩头说惶恐，零丁洋里叹零丁。
人生自古谁无死，留取丹心照汗青。

[宋]文天祥《过零丁洋》

简析

这首诗是文天祥被俘后为誓死明志而作，全诗格调沉郁悲壮，充满浩然正气。最后“人生自古谁无死，留取丹心照汗青”两句以磅礴的气势、高亢的情调收束全篇，使主题由悲转壮，是传诵至今的名句，最常被历代义勇之士用来自励明志。

日啖荔枝三百颗，不辞长作岭南人。

原作

罗浮山下四时春，卢橘杨梅次第新。
日啖荔枝三百颗，不辞长作岭南人。

[宋]苏轼《食荔枝》

简析

这是苏轼贬谪惠州时所作的一首七绝。岭南是宋时蛮荒之地，迁客逐臣流放之所，诗人在此却不作哀怨嗟叹之词，而是大赞岭南风物，甚至夸张地表示愿“长作岭南人”。全诗一方面表达了诗人的乐观旷达、随遇而安，同时亦是一种自我调侃，寄寓着政治上失意的幽怨之情。

谁道人生无再少？门前流水尚能西。

原作

游蕲水清泉寺，寺临兰溪，溪水西流。

山下兰芽短浸溪，松间沙路净无泥，萧萧暮雨子规啼。

谁道人生无再少？门前流水尚能西。休将白发唱黄鸡。

[宋]苏轼《浣溪沙·山下兰芽短浸溪》

简析

这是苏轼的一首词作。上阕以白描手法绘出了一幅雨中的清新春景图，自然明丽，淡雅洁净；下阕触景生情，由寺前西流的溪水联想到人生，抒发老当益壮、自强不息的感叹。全词洋溢着积极乐观的人生态度。

仰天大笑出门去，我辈岂是蓬蒿人。

原作

白酒新熟山中归，黄鸡啄黍秋正肥。呼童烹鸡酌白酒，儿女嬉笑牵人衣。高歌取醉欲自慰，起舞落日争光辉。游说万乘苦不早，著鞭跨马涉远道。会稽愚妇轻买臣，余亦辞家西入秦。仰天大笑出门去，我辈岂是蓬蒿人。

[唐]李白《南陵别儿童入京》

简析

这是李白的一首歌行体作品，作于诗人四十二岁得玄宗入京诏令之时。首句先写丰收归家，继以儿女嬉笑、开怀痛饮、高歌起舞几个场景传神地表现诗人的喜悦之情。“苦不早”“著鞭跨马”以复杂心情过渡，既喜此次传召，又苦没有在更早时面圣；继而运用典故表现得意之情。末两句传诵最广，刻画出了诗人的极度喜悦与无比自负，诗人踌躇满志的形象跃然纸上。

遥知兄弟登高处，遍插茱萸少一人。

原作

独在异乡为异客，每逢佳节倍思亲。
遥知兄弟登高处，遍插茱萸少一人。

[唐]王维《九月九日忆山东兄弟》

简析

这首诗是王维写游子思乡的名篇。首句即点出异乡异客的孤独之感，引发乡思，继写每到佳节良辰，思念倍增。三、四句遥想远在家乡的兄弟，以登高少人的遗憾衬托家人对自己的思念。全诗曲折有致，含蓄深沉，“每逢佳节倍思亲”更是引起广泛共鸣，成为千古名句。

衣带渐宽终不悔，为伊消得人憔悴。

原作

伫倚危楼风细细，望极春愁，黯黯生天际。草色烟光残照里，无言谁会凭阑意。

拟把疏狂图一醉，对酒当歌，强乐还无味。衣带渐宽终不悔，为伊消得人憔悴。

[宋]柳永《蝶恋花·伫倚危楼风细细》

简析

这是柳永的代表词作。上阕以凄迷之景渲染氛围，“望极春愁”两句，极写词人登高望远引起的无尽离愁。下阕写词人欲借酒消愁，却终觉“无味”，引出结句坚毅执着的表达：为思念而日渐消瘦是值得的。全词漂泊之感与思亲之情相交织，深挚动人，其中尤以“衣带渐宽”两句广为传诵。

一骑红尘妃子笑，无人知是荔枝来。

原作

长安回望绣成堆，山顶千门次第开。
一骑红尘妃子笑，无人知是荔枝来。

[唐]杜牧《过华清宫·其一》

简析

这是杜牧的组诗作品（其一）。诗人借古讽今，以微见著，选用唐玄宗不惜劳民伤财为杨贵妃供应荔枝这一典型事件，不露声色地表达了对最高统治者穷奢极欲、荒淫误国的愤慨之情，是咏史诗的上佳之作。

月上柳梢头，人约黄昏后。

原作

去年元夜时，花市灯如昼。月上柳梢头，人约黄昏后。

今年元夜时，月与灯依旧。不见去年人，泪湿春衫袖。

[宋]欧阳修《生查子·元夕》

简析

这是欧阳修的著名词作，通过上下阕的鲜明对比，抒发物是人非之感。上阕起笔极写元宵之夜的繁华热闹，“月上”两句写恋人在月光柳影下两情依依、互诉衷肠的甜蜜情景；下阕写灯月依旧，人却不再，饱含心酸、无奈和苦痛，表达了诗人对昔日恋人的一往情深。词中全无男女情诗的绮靡风气，颇具民歌风韵。

白日依山尽，黄河入海流。

原作

白日依山尽，黄河入海流。
欲穷千里目，更上一层楼。

[唐]王之涣《登鹳雀楼》

简析

此诗为王之涣仅存的六首绝句之一。前两句写登楼所见，雄浑壮观、气势磅礴；后两句写楼上所思，是千古传诵的名句，意义深远，耐人寻味。反映了盛唐时人们积极向上的进取精神。

不识庐山真面目，只缘身在此山中。

原作

横看成岭侧成峰，远近高低各不同。
不识庐山真面目，只缘身在此山中。

[宋]苏轼《题西林壁》

简析

这是苏轼一首著名的题壁诗，亦是一首哲理诗。告诉我们要认识事物的真相与全貌，必须超越狭小的范围，摆脱主观成见。全诗山景与哲理融于一体，耐人寻味。

采菊东篱下，悠然见南山。

原作

结庐在人境，而无车马喧。
问君何能尔？心远地自偏。
采菊东篱下，悠然见南山。
山气日夕佳，飞鸟相与还。
此中有真意，欲辨已忘言。

[东晋]陶渊明《饮酒・其五》

简析

《饮酒》共二十首，此为第五首，是作者对人与自然之间一种和谐圆融境界的体味。其中“采菊东篱下，悠然见南山”一句传诵最广，一个“见”字刻画出诗人偶然间见到南山的闲适状态，正与采菊的悠然心情相映衬，意味无穷。

草满池塘水满陂，山衔落日浸寒漪。

原作

草满池塘水满陂，山衔落日浸寒漪。
牧童归去横牛背，短笛无腔信口吹。

[宋]雷震《村晚》

简析

这首七绝展示了一幅生动的牧童骑牛晚归图，其中尤以后两句为人称道。“横牛背”极写牧童骑技的娴熟和骑姿的潇洒，“无腔”写牧童吹奏乐曲不合韵律，“信口吹”则写牧童吹奏的随意与任性。全诗亲切自然，妙趣天成，塑造了一个天真可爱、自由自在的牧童形象，字里行间洋溢着诗人对田园生活的无限向往与赞美之情。

黄河远上白云间，一片孤城万仞山。

原作

黄河远上白云间，一片孤城万仞山。

羌笛何须怨杨柳，春风不度玉门关。

[唐]王之涣《凉州词二首·其一》

简析

这是王之涣著名的边塞诗。一、二句抓住远眺的特点，描写边塞孤城中辽阔苍茫的景象；三、四句是诗人的自我宽解——连羌笛声都仿佛在怨怪此处连折一枝杨柳寄情也不能，其实何必怨杨柳呢，实在是春风吹不到关外啊。全诗表现了戍边将士的羁旅之思，苍凉而不失慷慨，体现了盛唐诗人豁达的胸怀。

会当凌绝顶，一览众山小。

原作

岱宗夫如何，齐鲁青未了。
造化钟神秀，阴阳割昏晓。
荡胸生曾云，决眦入归鸟。
会当凌绝顶，一览众山小。

[唐]杜甫《望岳》

简析

这首诗是杜甫的早期作品。全诗无一“望”字，却给人身临其境之感，将泰山的高大巍峨、神奇秀丽刻画得极富画面感，流露出诗人对祖国山河的热爱之情。末句“会当凌绝顶，一览众山小”最为脍炙人口，洋溢着傲视一切的雄心壮志和蓬勃向上的气势。

空山新雨后，天气晚来秋。

原作

空山新雨后，天气晚来秋。
明月松间照，清泉石上流。
竹喧归浣女，莲动下渔舟。
随意春芳歇，王孙自可留。

[唐]王维《山居秋暝》

简析

此诗为王维的山水名篇，描绘了秋雨初晴后黄昏山村的旖旎风光，笔触清新自然。颔联、颈联最为脍炙人口，动静结合，将雨后秋凉、石上清泉、浣女喧笑、渔舟穿莲的景象完美融合，充分体现了王维诗中有画的风格。表现了诗人对大自然的热爱和自在闲适的状态。

空山不见人，但闻人语响。

原作

空山不见人，但闻人语响。
返景入深林，复照青苔上。

[唐]王维《鹿柴》

简析

这首诗是王维山水诗的重要代表。一、二句以人语的“动”来衬托空山的“静”；三、四句青苔上的光影动中寓静。全诗诗、画、声的结合产生了一种别样的清幽境界。

两岸青山相对出，孤帆一片日边来。

原作

天门中断楚江开，碧水东流至此回。
两岸青山相对出，孤帆一片日边来。

[唐]李白《望天门山》

简析

此诗为李白行至天门山时所作。后二句描绘出一幅壮丽的山川图景，两岸的青山仿佛都动了起来。一个“出”字更是境界全出，将舟行江中时江水将天门山拦腰劈开的状态表现得淋漓尽致。

两岸猿声啼不住，轻舟已过万重山。

原作

朝辞白帝彩云间，千里江陵一日还。
两岸猿声啼不住，轻舟已过万重山。

[唐]李白《早发白帝城》

简析

此诗是李白在流放途中忽闻赦书后，从白帝城下江陵时所作。诗中以小舟“一日千里”的速度来体现心情的轻快之感，衬托出了作者遇赦后的欣喜之情。

茅檐相对坐终日，一鸟不鸣山更幽。

原作

涧水无声绕竹流，竹西花草弄春柔。

茅檐相对坐终日，一鸟不鸣山更幽。

[宋]王安石《钟山即事·其一》

简析

此诗为王安石晚年退居钟山时所作。“一鸟不鸣山更幽”一句，与南朝梁王籍《入若耶溪》的“蝉噪林逾静，鸟鸣山更幽”对比鲜明，为反其意而用之，不落俗套。

明月出天山，苍茫云海间。

原作

明月出天山，苍茫云海间。长风几万里，吹度玉门关。汉下白登道，胡窥青海湾。由来征战地，不见有人还。戍客望边色，思归多苦颜。高楼当此夜，叹息未应闲。

[唐]李白《关山月》

简析

《关山月》是李白借乐府旧题创作的一首五古，极写戍边将士与家中妻室的相互思念与盼归之情，艺术地反映了战争带给广大民众的痛苦。全诗如同一幅边塞图长卷，意境苍凉，气象雄浑。

蓬山此去无多路，青鸟殷勤为探看。

原作

相见时难别亦难，东风无力百花残。
春蚕到死丝方尽，蜡炬成灰泪始干。
晓镜但愁云鬓改，夜吟应觉月光寒。
蓬山此去无多路，青鸟殷勤为探看。

[唐]李商隐《无题》

简析

今人大多认为此诗为李商隐的一首爱情诗，以女性的口吻抒写爱情心理，在悲伤、痛苦之中，寓有灼热的渴望和坚忍的执着精神，体物细密，寄情绵邈。尤其是颔联“春蚕”两句，用比兴手法表达对爱情的忠贞不渝，富于想象性和感染力，今也多被用来比喻无私奉献的精神。

平芜尽处是春山，行人更在春山外。

原作

候馆梅残，溪桥柳细。草薰风暖摇征辔。离愁渐远渐无穷，迢迢不断如春水。

寸寸柔肠，盈盈粉泪。楼高莫近危阑倚。平芜尽处是春山，行人更在春山外。

[宋]欧阳修《踏莎行·候馆梅残》

简析

这是一首情深意远、柔婉优美的离情词作。抒写早春南方行旅的离愁，全词从实景转至想象，层层递进，将离愁别恨表达得含蓄深沉、委婉细腻，显出一种优美的意境。尤其“平芜尽处是春山，行人更在春山外”两句，千百年来一直为人所称道。

人闲桂花落，夜静春山空。

原作

人闲桂花落，夜静春山空。

月出惊山鸟，时鸣春涧中。

[唐]王维《鸟鸣涧》

简析

诗人以娴熟精练的笔法，描绘了夜间山涧中独特的景色，展现了一幅恬静幽谧的春山月夜图。第三句一“出”一“惊”，巧妙地赋静态的场景以动态，使诗的艺术画面达到意境两浑的极致。

日暮苍山远，天寒白屋贫。

原作

日暮苍山远，天寒白屋贫。

柴门闻犬吠，风雪夜归人。

[唐]刘长卿《逢雪宿芙蓉山主人》

简析

这是刘长卿的代表诗作，诗人用极其凝练的诗笔，描画出一幅傍晚投宿、山人夜归的寒山夜宿图。其中“日暮”两句写诗人途中所见，侧面烘托了跋涉的艰辛及居人的贫苦。全诗以时间顺序淡笔写来，语言朴实浅显，韵味深长。

山外青山楼外楼，西湖歌舞几时休？

原作

山外青山楼外楼，西湖歌舞几时休？
暖风熏得游人醉，直把杭州作汴州。

[宋]林升《题临安邸》

简析

此诗通过“杭州”与“汴州”的对照，不露声色地揭露了“游人”只顾享乐、忘却国耻的行为，表达了诗人对当政者不思收复失地的愤慨以及对国家命运的担忧。全诗构思巧妙，诗人愤慨至极，却不作谩骂之语，是讽喻诗中的佳品。

少无适俗韵，性本爱丘山。

原作

少无适俗韵，性本爱丘山。误落尘网中，一去三十年。羁鸟恋旧林，池鱼思故渊。开荒南野际，守拙归园田。方宅十余亩，草屋八九间。榆柳荫后檐，桃李罗堂前。暧暧远人村，依依墟里烟。狗吠深巷中，鸡鸣桑树颠。户庭无尘杂，虚室有余闲。久在樊笼里，复得返自然。

[东晋]陶渊明《归园田居·其一》

简析

这首诗是陶渊明的代表作之一。先写对官场生活的强烈厌倦，继写田园风光的美好动人，再写乡村生活的舒心愉快，表达了诗人脱离官场樊笼后如释重负的心情，同时抒发了对自然和自由的无比热爱。

水光潋滟晴方好，山色空蒙雨亦奇。

原作

水光潋滟晴方好，山色空蒙雨亦奇。
欲把西湖比西子，淡妆浓抹总相宜。

[宋]苏轼《饮湖上初晴后雨二首·其二》

简析

这是苏轼最为脍炙人口的诗作之一，亦是众多咏西湖诗中最著名的一首。前两句极写西湖的水光山色、晴姿雨韵，后两句遗貌取神，把西湖之美比作浓淡皆宜的西施，巧妙而传神，西湖因此有了“西子湖”的别称，“西湖即是美”的说法也更加深入人心。

水何澹澹，山岛竦峙。

原作

东临碣石，以观沧海。水何澹澹，山岛竦峙。树木丛生，百草丰茂。秋风萧瑟，洪波涌起。日月之行，若出其中。星汉灿烂，若出其里。幸甚至哉，歌以咏志。

[东汉]曹操《观沧海》

简析

此诗作于曹操北征乌桓凯旋时。全诗以极其凝练的笔触借景抒情，描绘了大海吞吐日月的壮阔景象，表现了诗人平定天下的宏大抱负。基调苍凉慷慨，气势宏伟，是建安风骨的代表作。

我见青山多妩媚，料青山见我应如是。

原作

邑中园亭，仆皆为赋此词。一日，独坐停云，水声山色，竞来相娱。意溪山欲援例者，遂作数语，庶几仿佛渊明思亲友之意云。

甚矣吾衰矣。怅平生、交游零落，只今余几。白发空垂三千丈，一笑人间万事。问何物、能令公喜。我见青山多妩媚，料青山、见我应如是。情与貌，略相似。

一尊搔首东窗里。想渊明、停云诗就，此时风味。江左沈酣求名者，岂识浊醪妙理。回首叫、云飞风起。不恨古人吾不见，恨古人、不见吾狂耳。知我者，二三子。

[宋]辛弃疾《贺新郎·甚矣吾衰矣》

简析

辛弃疾的这首词，是为瓢泉新居的“停云堂”题写的，乃仿陶渊明《停云》“思亲友”之意而作。抒写了词人罢职闲居时的寂寞与苦闷。其中“我见青山多妩媚”一句传诵最广，与李白《独坐敬亭山》“相看两不厌”的表现手法有异曲同工之妙。

西塞山前白鹭飞，桃花流水鳜鱼肥。

原作

西塞山前白鹭飞，桃花流水鳜鱼肥。
青箬笠，绿蓑衣，斜风细雨不须归。

[唐]张志和《渔歌子·西塞山前白鹭飞》

简析

这是张志和的代表作。其中“西塞”二句极富于画意，以浅易的语言描绘了一幅春汛时烟雨迷蒙的美丽图景，恬静而充满勃勃生机。“青箬笠”三句是诗人对渔人生活独具匠心的刻画。全诗格调清新，寄托了作者爱自由、爱自然的情怀。

相看两不厌，只有敬亭山。

原作

众鸟高飞尽，孤云独去闲。

相看两不厌，只有敬亭山。

[唐]李白《独坐敬亭山》

简析

诗人以奇特的想象力和巧妙的构思，赋予自然景物生命，将敬亭山拟人化，写得十分生动。此诗表面是写诗人独游敬亭山的情趣，在大自然中寻求安慰和寄托，其深含之意则是诗人生命历程中旷世的孤独感。

遥望洞庭山水翠，白银盘里一青螺。

原作

湖光秋月两相和，潭面无风镜未磨。
遥望洞庭山水翠，白银盘里一青螺。

[唐]刘禹锡《望洞庭》

简析

这是刘禹锡的一首七绝，描写了秋天月下洞庭湖的动人美景。前两句是近看之景，写湖面水色与月光相映成趣，无风的湖面像一面未磨的镜子。三、四句是遥望之象，写湖中映月就像白银盘里一个青螺，将远望时湖面在月光映照下闪着银光的景象描写得十分生动，可谓别具匠心。

一水护田将绿绕，两山排闼送青来。

原作

茅檐长扫净无苔，花木成畦手自栽。
一水护田将绿绕，两山排闼送青来。

[宋]王安石《书湖阴先生壁》

简析

这是王安石的一首题壁诗，描绘出初夏山村一幅清秀怡人的图画。全诗既赞美了湖阴先生的勤劳朴实，又表现了诗人的闲适生活和恬淡心境，颇显田园山水之韵和平民生活之趣。

又闻子规啼夜月，愁空山。

原作

噫吁嚱，危乎高哉！蜀道之难，难于上青天！蚕丛及鱼凫，开国何茫然！尔来四万八千岁，不与秦塞通人烟。西当太白有鸟道，可以横绝峨眉巅。地崩山摧壮士死，然后天梯石栈相钩连。上有六龙回日之高标，下有冲波逆折之回川。黄鹤之飞尚不得过，猿猱欲度愁攀援。

青泥何盘盘，百步九折萦岩峦。扪参历井仰胁息，以手抚膺坐长叹。问君西游何时还？畏途巉岩不可攀。但见悲鸟号古木，雄飞雌从绕林间。又闻子规啼夜月，愁空山。

蜀道之难，难于上青天，使人听此凋朱颜！连峰去天不盈尺，枯松倒挂倚绝壁。飞湍瀑流争喧豗，砯崖转石万壑雷。其险也如此，嗟尔远道之人胡为乎来哉！

剑阁峥嵘而崔嵬，一夫当关，万夫莫开。所守或匪亲，化为狼与豺。朝避猛虎，夕避长蛇；磨牙吮血，杀人如麻。锦城虽云乐，不如早还家。蜀道之难，难于上青天，侧身西望长咨嗟！

[唐]李白《蜀道难》

简析

这首诗是李白的代表作，是最能体现其浪漫风格和飘逸神韵的作品之一。诗人袭用乐府旧题，以浪漫主义的手法，借助无穷的想象，极写蜀道的奇丽惊险和不可凌越的磅礴气势，借以歌咏蜀地山川的壮秀。全诗律体与散体间杂，文句参差；笔势纵横，豪放飘逸；回环往复，一唱三叹，读来琅琅上口，思来美不胜收，具有极高的艺术价值。

雨中山果落，灯下草虫鸣。

原作

独坐悲双鬓，空堂欲二更。
雨中山果落，灯下草虫鸣。
白发终难变，黄金不可成。
欲知除老病，唯有学无生。

[唐]王维《秋夜独坐》

简析

这是王维晚年所作的一首五律。晚年的王维诗作多有禅意，本诗即是诗人现身说法的参禅悟道之作。“雨中山果落”两句以动衬静，艺术表现真切细腻，生动传神，将诗人独坐思索的幽独情怀与山林的美感表现得淋漓尽致。

只在此山中，云深不知处。

原作

松下问童子，言师采药去。
只在此山中，云深不知处。

[唐]贾岛《寻隐者不遇》

简析

这是一首问答诗。诗人采用寓问于答的手法，既写寻访不遇后微微失落的心情，又以白云比隐者的高洁，以苍松喻隐者的风骨，愈衬出诗人对隐者的钦慕高仰。全诗语言通俗清丽，笔简义丰。

正入万山圈子里，一山放出一山拦。

原作

莫言下岭便无难，赚得行人错喜欢。
正入万山圈子里，一山放出一山拦。

[宋]杨万里《过松源晨炊漆公店》

简析

这是杨万里在外放途中所作的一首七绝。诗人通过寻常的山间行路经历，以一个“赚”字开门见山，通过想象与实际的对比表达下山的艰难。末句最为传神，一“放”一“拦”使群山环绕、重重叠叠的画面跃然纸上，充满了动态感。全诗语言活泼自然，从平常事物中见理趣，有着浓郁的生活气息。

种豆南山下，草盛豆苗稀。

原作

种豆南山下，草盛豆苗稀。
晨兴理荒秽，带月荷锄归。
道狭草木长，夕露沾我衣。
衣沾不足惜，但使愿无违。

[东晋]陶渊明《归园田居·其三》

简析

这是陶渊明田园诗的名篇之一，细腻生动地描写了诗人对乡村劳动生活的体验，风格清淡而不失典雅，自得之情溢于诗外。结尾“衣沾不足惜”两句可谓全篇的诗眼，全诗醇厚的旨意尽在其中。

别是一般滋味在心头。

原作

无言独上西楼，月如钩。寂寞梧桐深院锁清秋。

剪不断，理还乱，是离愁。别是一般滋味在心头。

[五代]李煜《相见欢·无言独上西楼》

简析

此词是南唐后主李煜亡国后所作。词牌用“相见欢”，咏的却是离别愁，表现了词人离乡去国的锥心之痛，沉郁哀婉，感人至深。其中“剪不断，理还乱，是离愁”最为后人称道。

草木有本心，何求美人折。

原作

兰叶春葳蕤，桂华秋皎洁。
欣欣此生意，自尔为佳节。
谁知林栖者，闻风坐相悦。
草木有本心，何求美人折。

[唐]张九龄《感遇十二首·其一》

简析

此诗为诗人遭谗贬谪荆州后所作。诗以比兴手法，借兰桂以寄意，抒写自己的操守，即自己的行芳志洁是出于本性，而非猎取高名，就像兰桂散发香馥之气不是求人折取一样。

嫦娥应悔偷灵药，碧海青天夜夜心。

原作

云母屏风烛影深，长河渐落晓星沉。
嫦娥应悔偷灵药，碧海青天夜夜心。

[唐]李商隐《嫦娥》

简析

李商隐的许多作品措词婉而托意深，使后世读者煞费苦心却往往不得其解。一般认为此诗咏叹嫦娥在月宫的孤寂情景，抒发诗人自伤之情。全诗意绪伤感，意蕴丰厚，真实动人。

丛菊两开他日泪，孤舟一系故园心。

原作

玉露凋伤枫树林，巫山巫峡气萧森。
江间波浪兼天涌，塞上风云接地阴。
丛菊两开他日泪，孤舟一系故园心。
寒衣处处催刀尺，白帝城高急暮砧。

[唐]杜甫《秋兴八首·其一》

简析

《秋兴八首》是杜甫寓居夔州时所作的组诗，以遥望长安为主题。此首为组诗的序曲，通过对巫山、巫峡秋色秋声的形象描绘，烘托出阴沉萧森、动荡不安的环境气氛，反映了诗人低沉忧郁、伤国伤时的心情，使“身在夔州，心系长安”的主题得以尽显。

但见泪痕湿，不知心恨谁。

原作

美人卷珠帘，深坐颦蛾眉。
但见泪痕湿，不知心恨谁。

[唐]李白《怨情》

简析

李白此诗语言平浅简易，抒写一位美人的幽怨。全诗只作美人神态的描绘：含颦独坐，泪痕满面，情态缠绵悱恻，可谓无一“怨”字却“怨”情尽出。含蓄蕴藉，言简意丰。

二十四桥仍在，波心荡、冷月无声。

原作

淮左名都，竹西佳处，解鞍少驻初程。过春风十里。尽荠麦青青。自胡马窥江去后，废池乔木，犹厌言兵。渐黄昏，清角吹寒，都在空城。

杜郎俊赏，算而今、重到须惊。纵豆蔻词工，青楼梦好，难赋深情。二十四桥仍在，波心荡、冷月无声。念桥边红药，年年知为谁生。

[宋]姜夔《扬州慢·淮左名都》

简析

此词是姜夔的代表作。上阕将“春风十里扬州路”的盛况与战火后的萧条景象作了强烈对比，下阕直抒忧国之慨。全词贯穿着黍离之悲，感情真切、含蓄，有相当的感染力。

分手脱相赠，平生一片心。

原作

游人五陵去，宝剑值千金。
分手脱相赠，平生一片心。

[唐]孟浩然《送朱大入秦》

简析

这是孟浩然的一首送别诗。全诗言短意丰，既表现了双方平素的仗义，亦把诗人平生建功立业的壮志豪情寄托其中。感情挚厚，神采激扬，在孟诗中别具一格。

烽火照西京，心中自不平。

原作

烽火照西京，心中自不平。
牙璋辞凤阙，铁骑绕龙城。
雪暗凋旗画，风多杂鼓声。
宁为百夫长，胜作一书生。

[唐]杨炯《从军行》

简析

此诗是“初唐四杰”之一的杨炯所写的一首五律，表达了诗人急欲投笔从戎的慷慨意气。全诗仅仅四十个字，既刻画出人物丰富的心理活动，又很好地渲染了环境气氛，笔力雄劲，情怀豪迈。

共看明月应垂泪，一夜乡心五处同。

原作

时难年荒世业空，弟兄羁旅各西东。
田园寥落干戈后，骨肉流离道路中。
吊影分为千里雁，辞根散作九秋蓬。
共看明月应垂泪，一夜乡心五处同。

[唐]白居易《望月有感》

简析

此诗是白居易的七律名篇之一，描写了经乱之后田园荒芜、骨肉分离的情景，表现了战乱给人民带来的苦难，抒发了亲人间的思念之情。全诗句句紧扣主题，不用典故，不事藻绘，言辞清丽，意蕴精深，真挚动人。

聒碎乡心梦不成，故园无此声。

原作

山一程，水一程，身向榆关那畔行，夜深千帐灯。

风一更，雪一更，聒碎乡心梦不成，故园无此声。

[清]纳兰性德《长相思》

简析

这首词写于词人自京赴关外途中。全词用白描的手法，以朴素自然的语言，描写词人羁旅荒凉塞外的感受。上片写行途之劳，下片以景寄情，以风雪之烈凸显乡思之切。词人的孤寂情怀，读来真切感人。

回看天际下中流，岩上无心云相逐。

原作

渔翁夜傍西岩宿，晓汲清湘燃楚竹。
烟销日出不见人，欸乃一声山水绿。
回看天际下中流，岩上无心云相逐。

[唐]柳宗元《渔翁》

简析

这是柳宗元在永州创作的一首山水小诗。全诗通过渔翁在山水间获得内心宁静的描写，表达了诗人寄情山水的思想和政治失意的孤愤，在充满色彩和动感的风情画里，亦流露出一丝凄清之意。

蜡烛有心还惜别，替人垂泪到天明。

原作

多情却似总无情，唯觉樽前笑不成。

蜡烛有心还惜别，替人垂泪到天明。

[唐]杜牧《赠别·其二》

简析

这是一首惜别诗，前两句写筵前与所爱少女的惜别，后两句转写夜晚深情。蜡烛有芯似人有心，无情之物变有情；蜡油下滴似离别之泪，恰到好处。一反惜别诗多用“悲”“愁”的传统，匠心独运地将诗人内心的真实感受，表现得缠绵悱恻，感人至深。

烈士暮年，壮心不已。

原作

神龟虽寿，犹有竟时。螣蛇乘雾，终为土灰。老骥伏枥，志在千里。烈士暮年，壮心不已。盈缩之期，不但在天。养怡之福，可得永年。幸甚至哉，歌以咏志。

[东汉]曹操《龟虽寿》

简析

这是曹操创作的四言乐府诗《步出夏门行》四章中的最后一章。全诗通过形象化的艺术手法，实现了说理、明志与抒情的完美结合，表现了诗人老当益壮、积极进取的人生态度。笔力雄健，又以“老骥伏枥”四句最为动人。

乱我心者，今日之日多烦忧。

原作

弃我去者，昨日之日不可留；
乱我心者，今日之日多烦忧。
长风万里送秋雁，对此可以酣高楼。
蓬莱文章建安骨，中间小谢又清发。
俱怀逸兴壮思飞，欲上青天览明月。
抽刀断水水更流，举杯消愁愁更愁。
人生在世不称意，明朝散发弄扁舟。

[唐]李白《宣州谢朓楼饯别校书叔云》

简析

这是李白的一首送别诗。全诗以忧思发端，重笔抒写年华虚掷、报国无门的愤懑；继而高度评价汉代文章、建安风骨及谢朓诗歌的豪情逸兴；末以出世之思作结，是李白七言古诗的代表作。

洛阳亲友如相问，一片冰心在玉壶。

原作

寒雨连江夜入吴，平明送客楚山孤。
洛阳亲友如相问，一片冰心在玉壶。

[唐]王昌龄《芙蓉楼送辛渐·其一》

简析

这是王昌龄的一首送别诗，借送友以抒发己意。前两句记叙送别情景，后两句的临别告慰传诵千古——“一片冰心”是诗人自言心地莹洁无尘。全诗构思新颖，淡写朋友的离情别绪，重写自己的高洁明净，寓情于景，含蓄蕴藉，意味深长。

平林漠漠烟如织，寒山一带伤心碧。

原作

平林漠漠烟如织，寒山一带伤心碧。
暝色入高楼，有人楼上愁。
玉阶空伫立，宿鸟归飞急。
何处是归程，长亭更短亭。

[唐]李白《菩萨蛮·平林漠漠烟如织》

简析

这是李白创作的一首游子思乡词。先以肃杀秋景、苍茫暮色渲染，继以思妇伫立的形象，从侧面写游子思乡，末以设问点明主题，着力刻画了游子思乡的怅惘之情。全诗跌宕有致，情景交融，创造了一个浑然天成的意境。

青青子衿，悠悠我心。

原作

对酒当歌，人生几何！譬如朝露，去日苦多。慨当以慷，忧思难忘。何以解忧？唯有杜康。青青子衿，悠悠我心。但为君故，沉吟至今。呦呦鹿鸣，食野之苹。我有嘉宾，鼓瑟吹笙。明明如月，何时可掇？忧从中来，不可断绝。越陌度阡，枉用相存。契阔谈讌，心念旧恩。月明星稀，乌鹊南飞。绕树三匝，何枝可依？山不厌高，海不厌深。周公吐哺，天下归心。

［东汉］曹操《短歌行·其一》

简析

此诗为曹操代表作之一。诗中慨叹时光易逝、功业未就，抒发了诗人想要招贤纳才的急迫心情。诗的末尾以周公“一沐三握发，一饭三吐哺”的精神自期自励，表现了对人才的高度重视。全诗充分体现了诗人积极进取的精神和建功立业、一统天下的强烈愿望。

三顾频烦天下计，两朝开济老臣心。

原作

丞相祠堂何处寻，锦官城外柏森森。
映阶碧草自春色，隔叶黄鹂空好音。
三顾频烦天下计，两朝开济老臣心。
出师未捷身先死，长使英雄泪满襟。

[唐]杜甫《蜀相》

简析

此诗是杜甫定居成都草堂后，游览武侯祠时创作的一首咏史怀古诗。表达了诗人对诸葛亮雄才大略、忠心报国的高度赞扬，以及对他出师未捷而身死的极度惋惜之情，字里行间洋溢着感物思人的情怀，尾联尤具感染力。

山光悦鸟性，潭影空人心。

原作

清晨入古寺，初日照高林。
曲径通幽处，禅房花木深。
山光悦鸟性，潭影空人心。
万籁此都寂，但余钟磬音。

[唐]常建《题破山寺后禅院》

简析

这是常建著名的题壁诗，抒写了清晨游寺后禅院的观感。尤其“山光悦鸟性”两句，静物中有生灵，有机趣，动静之间禅意顿出，最后归结到人心灵的空虚明净。兴象深微，意境浑融。

伤心桥下春波绿，曾是惊鸿照影来。

原作

城上斜阳画角哀，沈园非复旧池台，

伤心桥下春波绿，曾是惊鸿照影来。

[宋]陆游《沈园二首·其一》

简析

这是陆游年老重游沈园时，为怀念其原配唐氏而作的悼亡诗。全诗由诗人对二人沈园相逢的回忆引出，不直接写对伊人的悲悼，而从桥下春波着笔，由春波转写惊鸿照影，因而触动情怀，字里行间浸透着物是人非的伤感气氛，有很强的艺术感染力。

伤心秦汉经行处，宫阙万间都做了土。

原作

峰峦如聚，波涛如怒，山河表里潼关路。望西都，意踌躇。

伤心秦汉经行处，宫阙万间都做了土。兴，百姓苦；亡，百姓苦！

[元]张养浩《山坡羊·潼关怀古》

简析

此作先写潼关形势，继写怀古之情，最后写由怀古而生的感慨，层层深入，从历代王朝的兴衰更替，想到人民的苦难，深刻揭露了封建统治与人民的对立，表现了作者对历史的深入思考和对人民的深切同情。其思想高度和深度在封建文人中鲜有比肩者，是元代散曲的优秀代表作。

谁言寸草心，报得三春晖。

原作

慈母手中线，游子身上衣。
临行密密缝，意恐迟迟归。
谁言寸草心，报得三春晖。

[唐]孟郊《游子吟》

简析

这是一首歌颂母爱的千古绝唱。全诗六句三十字，采用白描的手法，撷取母亲为外出儿子临行前缝衣的场景，看似平常却凸显了母爱的伟大与无私，表达了诗人对母爱深深的感激之情。在诗人笔下，无论是母爱的伟大还是天下儿女对母爱的体念，都是至情之语，具有感人肺腑的力量。

身无彩凤双飞翼，心有灵犀一点通。

原作

昨夜星辰昨夜风，画楼西畔桂堂东。
身无彩凤双飞翼，心有灵犀一点通。
隔座送钩春酒暖，分曹射覆蜡灯红。
嗟余听鼓应官去，走马兰台类转蓬。

[唐]李商隐《无题·昨夜星辰昨夜风》

简析

此诗是李商隐四首无题诗的其中一首。诗中“身无彩凤双飞翼”两句，写自己的爱情遭遇最为著名。诗人同自己所爱的人虽分处两地不能相见，但心灵却早已相通，这一点与爱恋之人的感受高度契合，千百年来，广受好评。

停杯投箸不能食，拔剑四顾心茫然。

原作

金樽清酒斗十千，玉盘珍馐直万钱。
停杯投箸不能食，拔剑四顾心茫然。
欲渡黄河冰塞川，将登太行雪满山。
闲来垂钓碧溪上，忽复乘舟梦日边。
行路难！行路难！多歧路，今安在？
长风破浪会有时，直挂云帆济沧海。

[唐]李白《行路难三首·其一》

简析

此诗是李白《行路难》组诗中传诵最广的一首，作于诗人开元年间初入长安失意而归时。诗中抒写了世路艰难、功业难成的苦闷，充满愤懑不平之气；又突出表现了诗人的执着、自信，以及对理想的憧憬和追求，展示了诗人力图从苦闷中挣脱出来的强大精神力量。

我寄愁心与明月，随君直到夜郎西。

原作

杨花落尽子规啼，闻道龙标过五溪。
我寄愁心与明月，随君直到夜郎西。

[唐]李白《闻王昌龄左迁龙标遥有此寄》

简析

此诗是李白为好友王昌龄遭贬而作，以抒发感愤，寄托慰藉，表达对王昌龄怀才不遇的惋惜与同情之意。前两句以残春之景渲染黯淡的氛围；后两句尤负盛名，通过奇特的想象，以明月寄托离情，给予抽象的“愁心”以物的属性，对好友进行劝慰，更具感染力。

舞低杨柳楼心月，歌尽桃花扇底风。

原作

彩袖殷勤捧玉钟。当年拼却醉颜红。舞低杨柳楼心月，歌尽桃花扇底风。

从别后，忆相逢。几回魂梦与君同。今宵剩把银釭照，犹恐相逢是梦中。

[宋]晏几道《鹧鸪天·彩袖殷勤捧玉钟》

简析

此词写词人与所爱之人的别后重逢。上阕追忆当年的甜蜜，下阕抒写别后相思，以相逢抒别恨。全词言简义丰，曲折深婉。当年欢聚的景象似实却虚，久别后的不期而遇似虚却实，二者的配合与对比，将重逢后惊喜至恐慌的感情表现得淋漓尽致。

无人信高洁，谁为表予心。

原作

西陆蝉声唱，南冠客思侵。
那堪玄鬓影，来对白头吟。
露重飞难进，风多响易沉。
无人信高洁，谁为表予心。

[唐]骆宾王《在狱咏蝉》

简析

此诗是骆宾王的代表作之一，作于诗人因言事被诬入狱期间。诗人以蝉咏志，抒发了自己品行高洁却“遭时徽纆”的哀怨悲伤之情，表达了辨明无辜、昭雪沉冤的愿望。全诗情真调苦，凄切感人。

心似双丝网，中有千千结。

原作

数声鶗鴂，又报芳菲歇。惜春更把残红折。雨轻风色暴，梅子青时节。永丰柳，无人尽日飞花雪。

莫把幺弦拨，怨极弦能说。天不老，情难绝。心似双丝网，中有千千结。夜过也，东窗未白凝残月。

[宋]张先《千秋岁》

简析

此词写爱情横遭阻抑的幽怨和坚贞不移的信念。“丝”即“思”，所爱两人用各自的情思织就情网，情网中有千万个用情思打成的结，把两个人的心紧紧地连在一起。这一比喻极富想象力，充分反映了两人爱情之深之坚。

雁过也，正伤心，却是旧时相识。

原作

寻寻觅觅，冷冷清清，凄凄惨惨戚戚。乍暖还寒时候，最难将息。三杯两盏淡酒，怎敌他、晚来风急？雁过也，正伤心，却是旧时相识。

满地黄花堆积。憔悴损，如今有谁堪摘？守着窗儿，独自怎生得黑？梧桐更兼细雨，到黄昏、点点滴滴。这次第，怎一个愁字了得！

[宋]李清照《声声慢·寻寻觅觅》

简析

这是李清照南渡以后创作的名篇之一。全词巧妙运用铺叙手法，选取具有典型意义的景物——萧瑟秋风、南飞征雁、憔悴黄花、飘零桐叶、淅沥细雨，极力渲染一个“愁”字，但不是早年闺情之“愁”，而是个人遭遇与亡国之痛交织在一起的“愁”。全词风格深沉凝重，哀婉凄苦，感人至深，具有较大的社会意义。

只愿君心似我心，定不负相思意。

原作

我住长江头，君住长江尾。日日思君不见君，共饮长江水。

此水几时休，此恨何时已。只愿君心似我心，定不负相思意。

[宋]李之仪《卜算子·我住长江头》

简析

此词写离别相思，通过长江水把相隔千里的两颗心联系在一起，设想颇为巧妙。既然“我心”如“江水长流”，君心如我，自当一样相思不已。两心交融相通，“定不负相思意”便成自然而然的爱情誓言。全词感情深沉真挚，既有民歌的神韵，又不失文人词的风采。

白雪却嫌春色晚，故穿庭树作飞花。

原作

新年都未有芳华，二月初惊见草芽。

白雪却嫌春色晚，故穿庭树作飞花。

[唐]韩愈《春雪》

简析

这是韩愈的一首七言绝句，描绘了春天将至未至之时，白雪纷纷扬扬仿若飞花的画面。全诗由人们对春天的焦急等待写到看见春意的惊讶欣喜，末尾“白雪”两句，赋予白雪人性，仿佛因春天的姗姗来迟而迫不及待地穿树飞花装点春色，可谓神来之笔。全诗虽有雪无花，春意却一点不减，极富浪漫气息。

北风卷地白草折，胡天八月即飞雪。

原作

北风卷地白草折，胡天八月即飞雪。忽如一夜春风来，千树万树梨花开。散入珠帘湿罗幕，狐裘不暖锦衾薄。将军角弓不得控，都护铁衣冷难着。瀚海阑干百丈冰，愁云惨淡万里凝。中军置酒饮归客，胡琴琵琶与羌笛。纷纷暮雪下辕门，风掣红旗冻不翻。轮台东门送君去，去时雪满天山路。山回路转不见君，雪上空留马行处。

[唐]岑参《白雪歌送武判官归京》

简析

这是一首雪中送人诗，全诗写景雄奇、构思新奇。诗人用夸张的手法，极写塞外八月的奇寒。最为奇妙的是诗人一反人们惯以梨花喻雪的常例，匠心独运地把漫天雪比作盛开的梨花，新颖而又壮美。

冰雪林中著此身，不同桃李混芳尘。

原作

冰雪林中著此身，不同桃李混芳尘。
忽然一夜清香发，散作乾坤万里春。

[元]王冕《白梅》

简析

这是一首托物言志诗，诗人以梅自喻，借梅花的高洁表现自己坚持操守、不与世俗同流合污的高贵品质。在具体表现手法上，诗人将“混”于芳尘、苦苦争春的桃李与冰雪林中的白梅对比，从而衬托出梅花的素雅、高洁、坚韧风骨和奉献精神。

不知近水花先发，疑是经春雪未销。

原作

一树寒梅白玉条，迥临村路傍溪桥。
不知近水花先发，疑是经春雪未销。

[唐]张谓《早梅》

简析

这首诗主要描写了一树梅花在早春静静绽放的风姿。开篇一个“寒”字侧面表现花开之早，“迥临”一句暗写梅花独放之态。三、四句将梅疑作未销的白雪，传神地写出了早梅的洁白娇美及花开之密，亦烘托出诗人见到早春寒梅的惊喜之情，与王安石的“遥知不是雪”颇有异曲同工之妙。

残雪压枝犹有橘，冻雷惊笋欲抽芽。

原作

春风疑不到天涯，二月山城未见花。
残雪压枝犹有橘，冻雷惊笋欲抽芽。
夜闻归雁生乡思，病入新年感物华。
曾是洛阳花下客，野芳虽晚不须嗟。

[宋]欧阳修《戏答元珍》

简析

此诗是欧阳修的律诗名作，是一首给好友丁元珍的回诗。全诗先写早春山城的荒凉之景中孕育着点点生机，再写诗人以抱病之身作客异乡的淡淡苦闷，末句“不须嗟”三字是诗人的自我安慰和宽解。

窗含西岭千秋雪，门泊东吴万里船。

原作

两个黄鹂鸣翠柳，一行白鹭上青天。
窗含西岭千秋雪，门泊东吴万里船。

[唐]杜甫《绝句》

简析

这首诗是杜甫在“安史之乱”平定后所写，描绘了从室内向外观察到的景色。全诗一句一景，格调明朗，营造出一幅生机勃勃的早春图景。全诗对仗工整，用字凝练，色彩搭配极其和谐，充分表现了诗人战乱结束后的愉悦之情。

大漠沙如雪，燕山月似钩。

原作

大漠沙如雪，燕山月似钩。
何当金络脑，快走踏清秋。

[唐]李贺《马诗二十三首·其五》

简析

这是李贺组诗的其中一首，借马抒怀。诗中一、二句描摹燕山原野的景色，大气壮阔；三、四句诗人自比为良马，发出感叹：何时才能驰骋疆场，建树功勋呢？表明自己期望受到重用，一展雄才大志的愿望。全诗语言明快，风格健爽。

蛾儿雪柳黄金缕，笑语盈盈暗香去。

原作

东风夜放花千树，更吹落，星如雨，宝马雕车香满路。凤箫声动，玉壶光转，一夜鱼龙舞。

蛾儿雪柳黄金缕，笑语盈盈暗香去。众里寻他千百度，蓦然回首，那人却在，灯火阑珊处。

[宋]辛弃疾《青玉案·元夕》

简析

这是豪放派词人辛弃疾的一首婉约词作，作于南宋朝廷国势日衰，偏安江左之时。通过极写元夕之夜灯火辉煌、游人如织、通宵歌舞的盛况，反衬出一个孤高淡泊、超群脱俗的女性形象，寄托着作者政治失意后，不同流俗的情怀。

玉碗冰寒滴露华，粉融香雪透轻纱。

原作

玉碗冰寒滴露华，粉融香雪透轻纱。晚来妆面胜荷花。

鬓亸欲迎眉际月，酒红初上脸边霞。一场春梦日西斜。

[宋]晏殊《浣溪沙·玉碗冰寒滴露华》

简析

这首词描摹了一幅夏日美人午睡醒后图。词人以白描手法，先以冰碗反衬夏日炎热，继写女子身着轻纱、粉汗微融的姿态，淡妆轻扫、更胜荷花的娇容，以及酒后微醺、颊边染霞的情状；末句笔锋一转，方点明这是女子午睡梦醒后的情景。全词语言华丽，生动地勾勒出一位充满闲情闲愁的美人形象。

孤舟蓑笠翁，独钓寒江雪。

原作

千山鸟飞绝，万径人踪灭。
孤舟蓑笠翁，独钓寒江雪。

[唐]柳宗元《江雪》

简析

此诗作于柳宗元被贬永州期间，诗人自比为独钓寒江的渔翁，通过典型概括，既抒发自己在政治上失意的愁苦郁闷，又表现了自己清高孤傲的品格。意境幽僻、情调凄寂是这首诗鲜明的意象特点。

回乐峰前沙似雪，受降城下月如霜。

原作

回乐峰前沙似雪，受降城下月如霜。
不知何处吹芦管，一夜征人尽望乡。

[唐]李益《夜上受降城闻笛》

简析

此诗是李益的代表作之一，抒写戍边战士的怀乡之情。沙在月光映照下犹如白雪，不知从哪里忽然传来了凄楚、哀怨的芦笛声，不禁引起戍边战士无限的乡思。诗眼在一“尽”字，笛声的感染力，征人戍边之久、望乡之切，从这一字中尽可想见。全诗意境浑成，余味无穷。

梅须逊雪三分白，雪却输梅一段香。

原作

梅雪争春未肯降，骚人搁笔费评章。

梅须逊雪三分白，雪却输梅一段香。

[宋]卢梅坡《雪梅二首·其一》

简析

古往今来不少诗人往往喜欢将雪、梅并写，将两者都作为冬去春来的象征。但在诗人笔下，雪、梅却为争当春的使者而互不相让，诗人颇费思量给出评判：梅不如雪白，雪没有梅香，从而体现了尺有所短，寸有所长的道理。全诗别出心裁，融情趣、理趣于一炉，富有韵味。

棠梨叶落胭脂色，荞麦花开白雪香。

原作

马穿山径菊初黄，信马悠悠野兴长。
万壑有声含晚籁，数峰无语立斜阳。
棠梨叶落胭脂色，荞麦花开白雪香。
何事吟余忽惆怅，村桥原树似吾乡。

[宋]王禹偁《村行》

简析

此诗是诗人在贬谪商州期间所作。诗中描绘了一幅色彩斑斓、令人称羡的秋日山村晚晴图：棠梨叶子落下时像粉红的胭脂，荞麦花开犹如飘香的白雪。末句转写村桥原野之树勾起诗人思乡之情，生动地表达了作者的心情由悠然至怅然的变化过程。全诗感情醇厚，回味悠长。

人生到处知何似，应似飞鸿踏雪泥。

原作

人生到处知何似，应似飞鸿踏雪泥。
泥上偶然留指爪，鸿飞那复计东西。
老僧已死成新塔，坏壁无由见旧题。
往日崎岖还记否，路长人困蹇驴嘶。

[宋]苏轼《和子由渑池怀旧》

简析

此诗为苏轼对其弟苏辙的和诗。诗中以雪泥、鸿爪比喻人生，也就是说，人生四处奔走，往事已过，只能留下一些很快便会消失的痕迹，就像鸿雁走在雪地上，虽然偶尔会留下一些脚印，却飞得无影无踪一样。后四句照应“怀旧”诗题，以叙事之笔，深化上述人生感触，表达了对往事旧迹的深情眷念。

砌下落梅如雪乱，拂了一身还满。

原作

别来春半，触目柔肠断。砌下落梅如雪乱，拂了一身还满。

雁来音信无凭，路遥归梦难成。离恨恰如春草，更行更远还生。

[五代]李煜《清平乐·别来春半》

简析

这是李煜的代表作之一。全词以离愁别恨为中心，既写春景又显离情。“砌下落梅如雪乱”一句，一个“乱”字传神地写出了诗人伫立雪中心乱如麻的精神状态。末二句用“更远还生”、无边无际的春草比喻离恨常伴的忧怨，同样是神来之笔。

青海长云暗雪山，孤城遥望玉门关。

原作

青海长云暗雪山，孤城遥望玉门关。
黄沙百战穿金甲，不破楼兰终不还。

[唐]王昌龄《从军行七首·其四》

简析

这是王昌龄采用乐府旧题写的一组边塞诗。此诗极写戍边战士的艰苦生活和必胜信心。“黄沙”一句短短七字，战斗之频繁、战况之持久、敌人之凶悍、征战之艰苦无不跃然纸上；但在如此艰苦卓绝的环境下，战士们的报国之心反而更加坚定，“不破楼兰终不还”便是他们的铿锵誓言。全诗虽流露出些许悲凉之意，但境界宏大，基调昂扬，充分体现了盛唐时期边塞诗的风范。

千里黄云白日曛，北风吹雁雪纷纷。

原作

千里黄云白日曛，北风吹雁雪纷纷。
莫愁前路无知己，天下谁人不识君。

[唐]高适《别董大二首·其一》

简析

这是高适在送别友人琴师董庭兰时创作的。前两句用白描手法描绘了北风呼啸、黄沙弥漫、大雪纷纷、群雁南飞的荒阔景象；后两句笔锋一转，劝慰朋友不必担心遇不到知己，言语温暖，既使人快慰，又令人鼓舞。虽写别离，却无别诗的缠绵幽怨，可谓别具一格。

千山暮雪，只影向谁去？

原作

乙丑岁赴试并州，道逢捕雁者云："今旦获一雁，杀之矣。其脱网者悲鸣不能去，竟自投于地而死。"予因买得之，葬之汾水之上，垒石为识，号曰"雁丘"。同行者多为赋诗，予亦有《雁丘词》。旧所作无宫商，今改定之。

问世间情是何物，直教生死相许。天南地北双飞客，老翅几回寒暑。欢乐趣，离别苦，就中更有痴儿女。君应有语，渺万里层云，千山暮雪，只影向谁去？

横汾路，寂寞当年箫鼓，荒烟依旧平楚。招魂楚些嗟何及，山鬼暗啼风雨。天也妒，未信与，莺儿燕子俱黄土。千秋万古，为留待骚人，狂歌痛饮，来访雁丘处。

[金]元好问《摸鱼儿·雁丘词》

简析

这是元好问最著名的词作。上片以拟人手法礼赞大雁生死相许的坚贞情操，把大雁的一往情深写得真挚动人；下片化用典故抒发吊古伤今之情，从而引发了对人世间生死不渝真情的热情讴歌。

晚来天欲雪，能饮一杯无？

原作

绿蚁新醅酒，红泥小火炉。

晚来天欲雪，能饮一杯无？

[唐]白居易《问刘十九》

简析

这是白居易晚年隐居洛阳时所作。描写诗人在一个天欲下雪的冬日傍晚邀请朋友前来饮酒，共诉衷肠的情景。全诗言短意丰，寥寥数字将诗人对与友人把酒共饮的渴望和二人间炽热的情谊表现得淋漓尽致，读来十分亲切而富有情趣。

五月天山雪，无花只有寒。

原作

五月天山雪，无花只有寒。
笛中闻折柳，春色未曾看。
晓战随金鼓，宵眠抱玉鞍。
愿将腰下剑，直为斩楼兰。

[唐]李白《塞下曲六首·其一》

简析

此诗为李白《塞下曲》组诗中的第一首。诗中首联、颔联以简单的笔触极写边塞环境的苦寒和军旅生活的紧张，颈联、尾联情绪急转，用傅介子的典故表达了边塞将士的爱国激情和战场豪情，意境苍凉而雄壮，浑然天成。

小山重叠金明灭，鬓云欲度香腮雪。

原作

小山重叠金明灭，鬓云欲度香腮雪。懒起画蛾眉，弄妆梳洗迟。

照花前后镜，花面交相映。新帖绣罗襦，双双金鹧鸪。

[唐]温庭筠《菩萨蛮·小山重叠金明灭》

简析

这首词是温庭筠“香软”词风的代表作。词中以“懒”“迟”写出闺中女子起床梳洗时的娇慵姿态，一个容貌美丽、服饰华贵、体态娇柔的女子形象跃然纸上，末句以“双双金鹧鸪”反衬其孤独。

燕山雪花大如席，纷纷吹落轩辕台。

原作

烛龙栖寒门，光曜犹旦开。日月照之何不及此，惟有北风号怒天上来。燕山雪花大如席，片片吹落轩辕台。幽州思妇十二月，停歌罢笑双蛾摧。倚门望行人，念君长城苦寒良可哀。别时提剑救边去，遗此虎文金鞞靫。中有一双白羽箭，蜘蛛结网生尘埃。箭空在，人今战死不复回。不忍见此物，焚之已成灰。黄河捧土尚可塞，北风雨雪恨难裁。

[唐]李白《北风行》

简析

这是李白借乐府旧题创作的一首古诗。描写一个北方思妇对丈夫战死的悲愤和绝望，以此表达对人民的深切同情。诗中用“雪花大如席”极写北方冬天的苦寒，用焚箭表现思妇睹物思人的矛盾心态，用“捧土塞黄河”的典故突出思妇“恨难裁”的无限哀恸，无不给人留下深刻印象，有着震撼人心的艺术效果。

杨花榆荚无才思，惟解漫天作雪飞。

原作

草木知春不久归，百般红紫斗芳菲。

杨花榆荚无才思，惟解漫天作雪飞。

[唐]韩愈《晚春二首·其一》

简析

这是一首描绘暮春景色的七绝。诗人一反暮春百花稀疏凋零的思维，匠心独运地描写草木为留住春光而使出浑身解数，争奇斗艳，连没有才思的杨花、榆荚都化作“雪花”随风飞舞，加入了留春的行列。全诗寥寥几笔，惜春却不伤春，角度新颖，乐观活泼。

遥知不是雪，为有暗香来。

原作

墙角数枝梅，凌寒独自开。

遥知不是雪，为有暗香来。

[宋]王安石《梅花》

简析

这是王安石罢相后退居钟山时所作的咏梅诗。首句写梅花孤芳自开，次句写梅花凌寒盛放，末二句以雪的形象衬托出梅花纯净洁白、暗香清幽的特质。全诗以梅作比，以朴实自然的语言赞美了像梅花一样具有高洁品性的人。

有梅无雪不精神，有雪无诗俗了人。

原作

有梅无雪不精神，有雪无诗俗了人。
日暮诗成天又雪，与梅并作十分春。

[宋]卢梅坡《雪梅·其二》

简析

这首诗艺术地反映了梅、雪、诗三者的关系：梅花独放而无雪花落梅，显不出梅的韵味；雪花飘洒却无诗作助兴，则显不出诗人的雅致。诗人诗成时恰逢飞雪，梅雪并枝、诗作相衬，三者一体，构成了最美丽的春色。反映了诗人十分高雅的审美情趣。

夜深知雪重，时闻折竹声。

原作

已讶衾枕冷，复见窗户明。
夜深知雪重，时闻折竹声。

[唐]白居易《夜雪》

简析

此诗立意新颖别致，匠心独运地描绘了沉沉夜色里的雪。因白雪无声无味的特点，诗人分别从触觉（冷）、视觉（明）、听觉（折竹声）三个层面侧面烘托。意境清新淡雅，充分体现了诗人通俗易懂、明白晓畅的语言特色。

欲将轻骑逐，大雪满弓刀。

原作

月黑雁飞高，单于夜遁逃。
欲将轻骑逐，大雪满弓刀。

[唐]卢纶《塞下曲·其三》

简析

《塞下曲》组诗共六首，此诗是第三首，描写将军在雪夜率兵追敌的壮举，气概豪迈，风格雄劲。诗人自身的行伍体验使得他能够抓住具有典型意义的形象，用一“逃”一“追”，将雪夜追敌的气氛和将士们的勇猛，有力地烘托出来。

终南阴岭秀，积雪浮云端。

原作

终南阴岭秀，积雪浮云端。
林表明霁色，城中增暮寒。

[唐]祖咏《终南望馀雪》

简析

此诗是祖咏在长安应试时所作的咏雪诗，描写从长安城中遥望终南馀雪，却仿佛连长安城中都增添了寒意的情景。第三句一个“霁”字，真实而传神地写出了夕阳的余晖平射在山上，为山林上空增添了一抹亮色的美丽画面。全诗明朗朴实，清新自然。

纵被春风吹作雪，绝胜南陌碾成尘。

原作

一陂春水绕花身，花影妖娆各占春。
纵被春风吹作雪，绝胜南陌碾成尘。

[宋]王安石《北陂杏花》

简析

这首诗是王安石贬居江宁之后所作，是诗人晚年心境的写照。诗人托物寄情，赞扬北陂杏花即使在风中似雪零落池中，同样可在一池清波中保持素洁。表现了诗人刚强耿介的个性和激浊扬清、孤芳自赏的人格。

最爱东山晴后雪，软红光里涌银山。

原作

雪后晚晴，四山皆青，惟东山全白，赋《最爱东山晴后雪》二绝句。

只知逐胜忽忘寒，小立春风夕照间。

最爱东山晴后雪，软红光里涌银山。

[宋]杨万里《最爱东山晴后雪》

简析

这是杨万里晚年隐于家乡时所作的组诗（其一），表现诗人在雪后乍晴，不顾早春的丝丝寒意欣赏东山雪景时的愉快心情。末句一个“软”字表现了早春阳光的柔和、细微，既可爱又写实；一个“涌”字，将白雪覆盖的群山在夕阳之下闪耀光芒，仿佛向自己涌动而来的动态感描绘出来，同样佳妙。

八月湖水平，涵虚混太清。

原作

八月湖水平，涵虚混太清。
气蒸云梦泽，波撼岳阳城。
欲济无舟楫，端居耻圣明。
坐观垂钓者，徒有羡鱼情。

[唐]孟浩然《望洞庭湖赠张丞相》

简析

这是孟浩然给张九龄的一首投赠之作。诗人以望洞庭所见起兴，首联、颔联写洞庭湖壮丽的景象和磅礴的气势，尤其“气蒸云梦泽”两句，笔力千钧，备受后人称赞；颈联、尾联诗人巧妙地以船只作比，同时化用临渊羡鱼之意，曲折地表达了渴望出仕和希望对方援引的心情。全诗委婉含蓄，不落俗套。

沧海月明珠有泪，蓝田日暖玉生烟。

原作

锦瑟无端五十弦，一弦一柱思华年。
庄生晓梦迷蝴蝶，望帝春心托杜鹃。
沧海月明珠有泪，蓝田日暖玉生烟。
此情可待成追忆，只是当时已惘然。

［唐］李商隐《锦瑟》

简析

这是李商隐最难解的一首诗作，以开头二字“锦瑟”为题，实为“无题”诗，其中内容主旨历来众说纷纭，以“自伤身世”说最为中肯。诗人以锦瑟起兴，化用庄生梦蝶、杜鹃啼血、沧海珠泪、良玉生烟等典故烘托自己不知该从何说起的一生。全诗语言华丽，情绪凄怆。

长安一片月，万户捣衣声。

原作

长安一片月，万户捣衣声。
秋风吹不尽，总是玉关情。
何日平胡虏，良人罢远征。

[唐]李白《子夜吴歌·其三》

简析

这是李白沿用乐府旧题创作的组诗（其三）。首句以备寒衣时节的捣衣声起兴，却言在此而意在彼，引出思妇对远戍玉门关的亲人的思念，继而自然抒发早日结束战争，丈夫不再远征的愿望。全诗情意真挚，浑然天成。

床前明月光，疑是地上霜。

原作

床前明月光，疑是地上霜。
举头望明月，低头思故乡。

[唐]李白《静夜思》

简析

这是李白作品中最脍炙人口的一首，抒写静夜思乡之情。诗人以叙述的语气淡淡写来，以白霜比月光，渲染孤寂的氛围；从“举头”到“低头”，形象地勾勒出诗人望月时触动乡思从而低头沉思的情状。全诗语言清新朴素，意味深长。

独立小桥风满袖，平林新月人归后。

原作

谁道闲情抛掷久？每到春来，惆怅还依旧。日日花前常病酒，不辞镜里朱颜瘦。

河畔青芜堤上柳，为问新愁，何事年年有？独立小桥风满袖，平林新月人归后。

［五代］冯延巳《鹊踏枝·谁道闲情抛掷久》

简析

这是冯延巳的代表作。上阕抒写旧日“闲情”，强调愁绪无法消除，容颜消瘦。下阕写今日“新愁”，其中“独立小桥”两句虽为写景，却蕴孤寂之感，满怀惆怅寓于其中。全词感情深远含蓄，看来满纸春愁。

峨眉山月半轮秋，影入平羌江水流。

原作

峨眉山月半轮秋，影入平羌江水流。
夜发清溪向三峡，思君不见下渝州。

[唐]李白《峨眉山月歌》

简析

这是李白初次出川时所作的一首七绝，写诗人在舟中所见夜景。全诗连用五个地名，不露痕迹地展示了一幅月明水清的蜀江夜行图。构思新颖别致，意境清朗秀美，风韵天成，艺术地表现了诗人对家乡山水的依恋和对友人的思念之情。

孤灯不明思欲绝，卷帷望月空长叹。

原作

长相思，在长安。络纬秋啼金井阑，微霜凄凄簟色寒。孤灯不明思欲绝，卷帷望月空长叹。美人如花隔云端！上有青冥之长天，下有渌水之波澜。天长路远魂飞苦，梦魂不到关山难。长相思，摧心肝！

[唐]李白《长相思·其一》

简析

这是一首七言乐府诗，是李白离开长安后回忆往日情绪所作。诗人首句点明相思，而后对秋虫、秋霜、孤灯等意象展开描写，可所思的美人却远在长安，有着重重阻隔，梦魂难见。全诗以“摧心肝”的相思之苦暗喻，实是委婉抒发志向难成的抑郁之情，韵味深长。

海上生明月，天涯共此时。

原作

海上生明月，天涯共此时。
情人怨遥夜，竟夕起相思。
灭烛怜光满，披衣觉露滋。
不堪盈手赠，还寝梦佳期。

[唐]张九龄《望月怀远》

简析

这是张九龄望月怀思的名篇。首句是传诵千古的名句，点明主题，写出了远隔千里的亲友共看一轮明月的情致，怀远之意顿出。后文皆围绕对远方亲人的思念，或直抒胸臆或侧面烘托，抒写对亲人的一片深情。全诗情意缠绵而不伤，情景交融，感人至深。

淮水东边旧时月，夜深还过女墙来。

原作

山围故国周遭在，潮打空城寂寞回。

淮水东边旧时月，夜深还过女墙来。

[唐]刘禹锡《石头城》

简析

这是刘禹锡组诗《金陵五题》的第一首。诗人通过对石头城周围群山、江潮、淮水和月色的描写，凸显古城的荒凉和寂寞，暗含今昔对比之意；同时以群山依旧、潮水如昔、明月仍在来表现永恒，衬托六朝的短暂。全诗境界阔大，虚实相生，抒发了对国运衰微的深沉感叹。

会挽雕弓如满月，西北望，射天狼。

原作

老夫聊发少年狂，左牵黄，右擎苍，锦帽貂裘，千骑卷平冈。为报倾城随太守，亲射虎，看孙郎。

酒酣胸胆尚开张，鬓微霜，又何妨！持节云中，何日遣冯唐？会挽雕弓如满月，西北望，射天狼。

[宋]苏轼《江城子·密州出猎》

简析

这是苏轼豪放词的经典作品，系其任密州太守时所作。上阕词人以细致的笔触，描绘了一场“倾城”围猎的盛况，读来酣畅淋漓。下阕叙述猎后的开怀畅饮，并以魏尚自期，表达为国效力的迫切愿望。全词气象恢宏，塑造了词人威武豪迈的自我形象，尽显慷慨意气。

解把飞花蒙日月，不知天地有清霜。

原作

乱条犹未变初黄，倚得东风势便狂。
解把飞花蒙日月，不知天地有清霜。

[宋]曾巩《咏柳》

简析

这是“唐宋八大家”之一曾巩的作品。诗人将柳树人格化，细细描绘了柳枝还未变成嫩黄色就在东风相助之下飞快变绿，且柳絮漫天飘飞的情状，塑造出一个得志便张狂的势利小人形象，讽刺意味浓重。全诗情理交融，意味深长。

今人不见古时月，今月曾经照古人。

原作

青天有月来几时？我今停杯一问之。人攀明月不可得，月行却与人相随。皎如飞镜临丹阙，绿烟灭尽清辉发。但见宵从海上来，宁知晓向云间没。白兔捣药秋复春，嫦娥孤栖与谁邻？今人不见古时月，今月曾经照古人。古人今人若流水，共看明月皆如此。唯愿当歌对酒时，月光长照金樽里。

[唐]李白《把酒问月》

简析

这是李白的一首咏月抒怀之作。诗人从把酒问月起笔，以纵横恣肆的笔触，运用神话传说的典故，从多个角度塑造了美好的明月形象。其中“今人不见古时月”两句耐人寻味，通过人与月的对照，体现宇宙之无穷，抒发人生短暂的慨叹。全诗浑然天成，情理并茂，有很强的艺术感染力。

今宵酒醒何处，杨柳岸、晓风残月。

原作

寒蝉凄切，对长亭晚，骤雨初歇。都门帐饮无绪，留恋处，兰舟催发。执手相看泪眼，竟无语凝噎。念去去，千里烟波，暮霭沉沉楚天阔。

多情自古伤离别，更那堪，冷落清秋节！今宵酒醒何处，杨柳岸、晓风残月。此去经年，应是良辰好景虚设。便纵有千种风情，更与何人说？

[宋]柳永《雨霖铃·寒蝉凄切》

简析

这是柳永的著名词作。上阕层层铺叙，通过凄切的寒蝉、骤雨、傍晚沉沉的云雾等意象，着意渲染清秋时节的萧索氛围。下阕衬托、点染，描摹了想象中别后的凄楚情状。全词手法细腻，融情于景，在难以割舍的离愁之外，亦抒发了生平遭遇不幸的感慨，意境浑成一片。

料得年年肠断处，明月夜，短松冈。

原作

十年生死两茫茫。不思量，自难忘。千里孤坟，无处话凄凉。纵使相逢应不识，尘满面，鬓如霜。

夜来幽梦忽还乡。小轩窗，正梳妆。相顾无言，惟有泪千行。料得年年肠断处，明月夜，短松冈。

[宋]苏轼《江城子·十年生死两茫茫》

简析

这是最早的一首以悼亡为题材的词，也是苏轼婉约词的代表作之一，内容可分梦前思念、梦中相逢、梦后哀思三部分。全词将梦境与现实相贯通，极写对亡妻生死不渝的深情，寄托了仕途失意、无可告慰的苦闷，表达了对妻子绵绵不尽的哀思，具有荡气回肠的艺术魅力。

撩乱边愁听不尽，高高秋月照长城。

原作

琵琶起舞换新声，总是关山旧别情。
撩乱边愁听不尽，高高秋月照长城。

[唐]王昌龄《从军行七首·其二》

简析

这是王昌龄的组诗作品（其二）。此诗截取军中宴乐的片段，写音乐可以翻新声，别情却依旧，军士们的边愁总是不断被琵琶之声撩动，“不尽”二字酸楚无限；末句以景结情，写月照长城，壮阔而悲凉。全词情致深婉，表现了军士久戍思归、心念家园的征戍之愁。

露从今夜白，月是故乡明。

原作

戍鼓断人行，秋边一雁声。
露从今夜白，月是故乡明。
有弟皆分散，无家问死生。
寄书长不避，况乃未休兵。

[唐]杜甫《月夜忆舍弟》

简析

这是杜甫的一首五律。首联、颔联通过白露时节戍楼上沉重单调的鼓声和孤雁的哀鸣，烘托出边塞荒凉、凄清的氛围，使诗人对家乡、家人的思念之情油然而生。颈联直写兄弟离散，天各一方，家已不存，生死难卜，感人至深。尾联“未休兵”与首联“断人行”相呼应，进一步烘托了诗人的怀乡思亲之情。全诗托物咏怀，格调沉郁。

明月别枝惊鹊，清风半夜鸣蝉。

原作

明月别枝惊鹊，清风半夜鸣蝉。稻花香里说丰年，听取蛙声一片。

七八个星天外，两三点雨山前。旧时茅店社林边，路转溪头忽见。

[宋]辛弃疾《西江月·夜行黄沙道中》

简析

这首词作于辛弃疾贬职闲居江西时，表现了词人对田园风光的热爱之情。词人选用夏夜一晴一雨两个场景，上阕写晴，下阕写雨。其中“稻花香里说丰年”两句最为精彩——在清风徐徐、稻花飘香之时，满怀喜悦为丰收歌唱的竟然是一片蛙声，想象奇妙，这种拟人化的侧面烘托手法比正面描写丰收更为生动、深刻。全词表现手法灵活，语言平易，颇具美感。

明月不谙离恨苦，斜光到晓穿朱户。

原作

槛菊愁烟兰泣露，罗幕轻寒，燕子双飞去。明月不谙离恨苦，斜光到晓穿朱户。

昨夜西风凋碧树，独上高楼，望尽天涯路。欲寄彩笺兼尺素，山长水阔知何处。

[宋]晏殊《蝶恋花·槛菊愁烟兰泣露》

简析

这是晏殊的代表作，抒发深秋怀念远人之意。上阕融情于景，“愁烟”“泣露”“双飞燕”等意象都注入了主人公的感情，表达了离恨。下阕写登高望远，一个“尽”字生动地刻画了主人公望眼欲穿的神态；末句“欲寄”与“知何处”相对照，产生了摇曳不尽的悲慨。全词情致疏淡，伤感中见高远。

明月楼高休独倚，酒入愁肠，化作相思泪。

原作

碧云天，黄叶地。秋色连波，波上寒烟翠。山映斜阳天接水，芳草无情，更在斜阳外。

黯乡魂，追旅思。夜夜除非，好梦留人睡。明月楼高休独倚，酒入愁肠，化作相思泪。

[宋]范仲淹《苏幕遮·怀旧》

简析

这是一首描写乡思离情的词作。上阕描摹了辽阔苍茫、水天相接的江野景色，末句以容易触动离愁的无边芳草作结，为下阕作了铺垫。下阕直抒胸臆，纯写离情，意致深婉。全词以沉郁雄健的笔力，状景境界阔远，说愁低回婉转，是为绝唱。

鸟宿池边树，僧敲月下门。

原作

闲居少邻并，草径入荒园。
鸟宿池边树，僧敲月下门。
过桥分野色，移石动云根。
暂去还来此，幽期不负言。

[唐]贾岛《题李凝幽居》

简析

这首诗为贾岛苦吟名篇。诗人以简练质朴的语言，写出了诗人走访友人未遇的情状，表现诗人对隐逸生活的向往。其中“鸟宿池边树，僧敲月下门”两句传诵千古，留下了“推敲”的传说，句中一个“敲”字无声胜有声，极写李凝居处之静。全诗语言质朴，韵味醇厚。

青女素娥俱耐冷，月中霜里斗婵娟。

原作

初闻征雁已无蝉，百尺楼高水接天。
青女素娥俱耐冷，月中霜里斗婵娟。

[唐]李商隐《霜月》

简析

这是李商隐的一首七绝，主要描写深秋月夜的景色。前两句点出诗人在深秋时节登临高楼极目远眺，观赏水天相接的美景；后两句借神话传说极写霜月交辉的冷艳。全诗虚实相生，巧妙地将大雁南飞、蝉鸣隐没的季节特征与想象中仙子争艳的情景相融合，渲染出深秋月夜辽阔、高爽的特点。

却下水晶帘，玲珑望秋月。

原作

玉阶生白露，夜久侵罗袜。
却下水晶帘，玲珑望秋月。

[唐]李白《玉阶怨》

简析

这是李白借乐府旧题而作的一首诗。前两句通过描写夜间的白露浸湿了罗袜，塑造了一个伫立良久，痴痴等待的女子形象；后两句写女子回到房中放下窗帘，却依然凝望着秋月。诗人抓住细节特点，以简单的形象描摹，勾勒出宫中女子生活的孤独凄清，怨意尽在其中。

三十功名尘与土，八千里路云和月。

原作

怒发冲冠，凭阑处、潇潇雨歇。抬望眼，仰天长啸，壮怀激烈。三十功名尘与土，八千里路云和月。莫等闲，白了少年头，空悲切。

靖康耻，犹未雪。臣子恨，何时灭？驾长车踏破，贺兰山缺。壮志饥餐胡虏肉，笑谈渴饮匈奴血。待从头、收拾旧山河，朝天阙。

[宋]岳飞《满江红·怒发冲冠》

简析

这首词是抗金英雄岳飞的传世名篇，是其“精忠报国”精神的典型体现。起句“怒发冲冠”“仰天长啸”极言词人的愤怒；“三十”两句痛陈功名未立、山河未复，而后“莫等闲”句是对国人血性与报国之心的呼唤。下阕在国耻未雪的遗憾之后，抒写灭敌决心与胜利之愿。全词直抒胸臆，语调激昂，充满了浩然正气与凌云之志。

山月不知心里事，水风空落眼前花。

原作

千万恨，恨极在天涯。

山月不知心里事，水风空落眼前花。

摇曳碧云斜。

[唐]温庭筠《梦江南·千万恨》

简析

此词开篇直言恨意千头万绪，“在天涯”点明恨极之人还未归来。三、四句借景烘托女子“有恨无人知”，更显孤寂；水面风来，花随风落，暗喻女子的芳华渐逝之感；末句以碧云微斜体现女子百无聊赖的长久凝望之态，恨意正与开篇呼应。全词借物抒怀，以通篇恨意衬托思念之切，率直与深婉结合，余味无穷。

深林人不知，明月来相照。

原作

独坐幽篁里，弹琴复长啸。
深林人不知，明月来相照。

[唐]王维《竹里馆》

简析

这是王维晚年隐居辋川时所作的一首五绝。描写了诗人在竹林中独坐弹琴长啸，与明月相伴的悠闲场景。全诗遣词清丽，意境高雅，景与人相映成趣，传达出诗人宁静、淡泊的心情。

疏影横斜水清浅，暗香浮动月黄昏。

原作

众芳摇落独暄妍，占尽风情向小园。
疏影横斜水清浅，暗香浮动月黄昏。
霜禽欲下先偷眼，粉蝶如知合断魂。
幸有微吟可相狎，不须檀板共金樽。

[宋]林逋《山园小梅二首·其一》

简析

这是林逋最负盛名的七律作品。全诗从梅花小园独放的风情，霜禽、粉蝶对梅花的态度，及低吟诗句的清雅行为才能相配等不同角度，或直或曲地表现了梅花的娴静姿态与高洁品性。其中尤以颔联“疏影横斜”两句千古传诵，“疏影”“暗香”写绝了梅之体态与风骨韵味。全诗既表达了诗人对梅的极度喜爱，又寄寓了诗人的幽逸之趣，是其自身人格的写照。

雾失楼台，月迷津渡。

原作

雾失楼台，月迷津渡。桃源望断无寻处。可堪孤馆闭春寒，杜鹃声里斜阳暮。

驿寄梅花，鱼传尺素，砌成此恨无重数。郴江幸自绕郴山，为谁流下潇湘去。

[宋]秦观《踏莎行·雾失楼台》

简析

这首词作于词人贬地郴州的旅舍。词中开篇以月下雾中迷蒙的楼台和渡口起兴，以“望断”表达欲寻桃源而不得，渲染凄迷的意绪；后连用“孤馆”“春寒”“杜鹃”“斜阳”等意象表达精神上的极度痛苦。下阕写朋友寄来的礼物和书信却堆砌成了无限的愁苦；末句融入词人的身世之感，以郴江北流暗喻自己向南而逐。全词主旨凄婉，语调低沉。

野旷天低树，江清月近人。

原作

移舟泊烟渚，日暮客愁新。
野旷天低树，江清月近人。

[唐]孟浩然《宿建德江》

简析

这首诗是孟浩然的五绝名篇，主要抒发了诗人旅居在外时的孤寂感伤。其中后两句传诵最广，传神地描绘了秋夜江景：小船停靠在烟雾迷蒙的小洲边时，旷野无边无际显得天空比远处的树木还低，明月倒映在清澈的江水中，显得与人更亲近几分。全诗先触景生情再借景抒情，意蕴天成。

月明人倚楼。

原作

汴水流，泗水流，流到瓜州古渡头。

吴山点点愁。

思悠悠，恨悠悠，恨到归时方始休。

月明人倚楼。

[唐]白居易《长相思·其一》

简析

这是白居易的一首词作。前三句以水喻人，暗指沿两水南行的爱人；“思悠悠”三句承接前意，写水流的低回缠绵，烘托出愁思的绵绵不绝。末句寥寥五字刻画出女子月下倚楼远眺的形象，前文之思、之恨、之愁皆归于此句，情思无边无际。

云中谁寄锦书来？雁字回时，月满西楼。

原作

红藕香残玉簟秋。轻解罗裳，独上兰舟。云中谁寄锦书来？雁字回时，月满西楼。

花自飘零水自流。一种相思，两处闲愁。此情无计可消除，才下眉头，却上心头。

[宋]李清照《一剪梅·红藕香残玉簟秋》

简析

这是李清照的代表词作，写于词人与丈夫赵明诚离别之后。词人开篇即以对秋景秋凉的描写渲染愁意；后写乘舟出游以排遣忧思，对丈夫的思念却时时萦绕心头，“云中”三句尽显词人独居的寂寞。下阕直抒镌刻在眉间心上的相思之意与离别之苦。全词清新婉约，以女性特有的细腻刻画了别情。